未读 | 纪实

UNREAD

房产销售员日记

[日] 屋敷康藏 著
杨柳岸 译

天津出版传媒集团
天津人民出版社

目录

第三章 在黑色产业中忧愁的我 109

前言

超强度工作

听到“房产销售员”这个词，大家会有怎样的印象呢?

“干净整洁的着装加巧妙的话术。”“掌握丰富的建筑知识和税务相关信息*。”“销售高价商品，是有价值的工作。”“高收入全凭实力。”

如果从积极的一面来看，这些也是事实。

但是，房产销售这一职业在众多销售岗位中，也因超强度的工作和极高的离职率而著称。

在这个为“一生一次的购物”一掷数千万日元的行业里，房产销售员光靠花架子是行不通的。而且在这个巨额金钱流动的地方，人的欲望也越发凸显。

---

* **税务相关信息：** 有时候，我们会帮助顾客估算房屋建成之后产生的固定资产税，在顾客申请住房贷款减税时，协助其进行确定申报。固定资产税一年分四期缴纳，一旦滞纳则会产生比高利贷都高的高额滞纳利息。自家房产的固定资产税滞纳时，政府部门会联系房主所在公司询问工资状况，如果此时再慌忙地去缴纳，政府的工作人员会毫不客气地质问：“你明明收入很高，为什么还缴迟了？”（原书注，后同）

房产销售与人的联系之深，是其他职业无法比拟的，从顾客的收入（借款）、家庭成员构成、工作单位、职位到人生规划，可以说这是一份跳入顾客人生旋涡里的工作。

房产销售员会被公司以“目标”之名，规定业绩，也会被顾客提过分的要求，有时还会接到不当投诉*。而且，完成的业绩多了，工作量就会成比例增加……在房产销售这一职业的背后，买方的欲望和卖方的欲望互相碰撞，互为因果。

我在三十五岁时，因为某些状况，不得不辞去前一份工作，再就职于新兴的低成本房产开发商（下文简称开发商）TAMAGO HOME。在我入职数年之后发生了“3·11大地震”，此后，我的工作所在地福岛县的建筑业越来越泡沫化。

在这样的背景下，我在TAMAGO HOME工作了近十年，参与建设了一百二十套房屋。在这个过程中，我身不由己地看到了这个行业的内外两面。

虽然不同开发商的业务和职场环境会多少存在不一样的地方，但我认为“房产销售”这个职业的整体面貌都差不多。从这个意义上来说，我相信这本书中随处可见的房产销售员的销

* **不当投诉**：经常有顾客要求降价或者赠送服务产品，作为工期迟缓的赔偿。此外，还有要求支付临时居住公寓的额外租金的，还有因为遭受“精神损失”而要求支付相应费用的。

售技巧对于正在考虑购买住房的人而言，将会是非常有用的信息。

我原本也是三五馆新社的“职人日记系列”的读者。各位作者的实际经历，既让我乐享他人故事，也让我对他人的苦恼悲伤感同身受。同时，我也从他们的生活状态中获取了力量。

这一系列的主题“生活与痛苦的记录”并没有局限于老年人。老年人有老年人的挣扎与苦痛，年轻人有年轻人的，中年人有中年人的。我自己也想努力表达这一点。

从三十五岁就职于TAMAGO HOME，再到五十二岁的现在，这期间的路程对于我而言，正所谓“痛苦的记录”。一直向顾客推荐住房贷款的我，最终却无力偿还三十五年的住房贷款，在书中我会将这一切的来龙去脉毫无隐瞒地告诉大家。书里所写的一切都没有弄虚作假*，是中年工作者的真实写照。

活着这件事，有时候狼狈不堪，有时候会遇见无可挽救的场面。无论好坏，人生总不会按计划进行。即使如此，我们还是继续过着由“日常”积累而成的人生。

希望就像我曾经受到影响那般，如果这本书也能以某种形

---

* **一切都没有弄虚作假**：书中所写的一切，都是我亲身经历的。不过，需要大家了解的是，不同的开发商情况可能会略有不同。此外，本书出现的所有人物和组织均使用化名。还有，为了避免书中人物被识别，我模糊了年龄和特征，并润色了部分细节。

式对各位读者的人生有所帮助，我会深感荣幸。

那么，就请各位细细观赏：痛苦且滑稽的“房产销售员”艰苦战斗的每一天吧。

第一章

房产销售员曲折动荡的日子

某月某日

录用面试：

这个行业需要什么样的人才？

今天有一个社会招聘的面试*。猫泽店长正在浏览事先送来的面试人员的简历。

“原来如此，以前是饮食店的店长啊。毕竟人手也不够，先面试看看，如果没那么糟糕的话，就录用吧。”

说完，他将简历递给我们这些销售人员传阅。在个人信息管理非常严格的当今，自己的简历会被传阅，这估计是面试人员不曾预料到的吧。

虽然这么想着，但我也认真地看了简历。让我在意的，是从他上一份工作到现在为止的空白时期。

将近一年的无业状态，在四十五岁这个年龄一直没有被公司录用，可能靠失业保险生活，可能用光了存款。有家庭的人一年都没有工作的话，生活应该会非常艰辛。

---

* **社会招聘的面试**：虽然公司长期招聘社员，但是大约三个月才会有一至两个应聘者。因为应聘人数比较少，所以公司一般持“先面试看看”的态度。

“似乎，无业的时间很长呀。”

因为我很在意，所以提出了这个问题。

“确实令人在意啊，但毕竟人手不够，总之，有驾照*，能正常读写的话，就录用了吧。”

猫泽店长倒是非常轻率。

到了面试的预定时间，办公室外面传来吧嗒吧嗒的奇怪声音。开门进来的是参加面试的那位男性。

声音的来源是他的鞋子。这双皮鞋穿的时间太久了，鞋底后跟的橡胶部分脱落了一半。他走路时，脱落一半的鞋底就会先吧嗒地卷起来，再被吧嗒地踩回去。所以每次都会发出吧嗒吧嗒的声响。虽然没必要穿昂贵的鞋子，但面试时穿这样的鞋，可真是个“人才”。

“那个……我是今天的面试者，我叫井之上。”

像是从天灵盖传出来的高亢声音，还有尺寸不合身的西服。他的身高大概只有一米五五，作为男性，身材实在过于矮小。

我先把他带去面试房间**，然后叫了猫泽店长。面试刚开始一小会儿，十五分钟左右就结束了。

---

* **驾照**：录用条件是只要有驾照就可以。在某些情况下，有轻便摩托车驾照也可以。其实，我们营业所还有因驾照被吊销而无法开车，靠自行车工作的社员。

** **面试房间**：和接待普通顾客使用的会议室分开设置的独立房间，营业所总共有四个。根据不同用途，这个房间有时作为面试房间，有时也会作为隔离投诉顾客的房间。

毕竟是售卖价值数千万日元房屋的房产销售员，穿这样的鞋子、这样的西装实在很糟糕。没有这种敏感性的人，做这份工作会很难吧?

正当我这么想的时候，猫泽店长从面试房间出来，对我们这些销售员说：

“他被录用*了！”

我很震惊，向店长询问录用理由。

“因为他说他正为钱所困。”

在房产行业，“为钱所困”或者“有金钱欲望”之类的理由，对于招聘方而言是加分因素。

“为顾客的梦想添砖加瓦”或者“为了实现顾客的幸福”这样冠冕堂皇的动机对于招聘方而言无关紧要。总而言之，有具体年收入目标、金钱欲望很强的人比较适合这个行业。那些生活上存在经济困扰、背负债务的人尤其深受欢迎。当然还有一个实际的原因：在这个严酷的行业，这类人不会辞职，会一直工作。

虽然不同公司情况会有所不同，但一般来说房产行业的工资体系是由“固定工资加提成”构成的。追求“多劳多得”的

---

* **录用**：据我所知，面试失败的只有两个人。一位曾经是土地收购商，快六十岁了，留着金发大背头发型。这个人身穿令人梦回泡沫经济时代的衣服，酷爱讲述英雄故事。另一个则是借住在朋友家中，没有固定住所，偶尔睡在车里的男子。

人群所聚集的职业之一就是房产销售。

我们TAMAGO HOME也是，固定工资是“要死不活”的金额，在这种工资体系中，通过创造业绩获得提成，才能维系生活。

我自己的收入，是二十二万日元的固定工资再加提成。提成为每笔合同金额的1.2%，分别于开工时、上梁时、竣工时这三个阶段发放*。

这个提成没有上限，所以凭借努力，年收入一千万日元以上**也不是梦。

虽然今天面试的井之上先生稍后才会收到总公司的通知***，但或许是面试时感受到了回应，相较于来的时候表情明朗了很多，那吧嗒吧嗒的声音听起来也充满了自信。

从办公室出去的时候，他朝我深深地鞠了一躬，看上去不像坏人的样子。有同辈的新伙伴加入，是件令人高兴的事。

猫泽店长回到办公位，说道：

“不过，真是个小个子的男人啊，加上男童变声期的高亢声

---

* **三个阶段发放**：例如，签约金额为三千万日元时，总提成为三十六万日元，这笔钱会等额分三阶段发放，每阶段发放十二万日元。

** **年收入一千万日元以上**：年收入超过一千万日元的社员也是实际存在的。但是，在TAMAGO HOME这样的低成本开发商中是少见的。因为提成由合同金额的百分比决定，一栋房子的合同金额越低，提成也就越低。

*** **总公司的通知**：因为常年人手不足，所以只要应聘者有干劲，基本就可以被录用。只不过，总公司似乎会对拟录用者进行一定程度的背景调查。

音，看起来好像米良美一，我面试中途差点笑出来。”

一如既往的不堪入耳的玩笑，什么都忍不住滑稽可笑地揶揄一番的猫泽店长，当初面试脸长的我的时候，一定也说了“马脸”或者“驴脸”之类的话吧。其他所有同事在面试之后，无疑也被这么揶揄过。

某月某日

弱肉强食：

要么拿下顾客，要么被别人抢走顾客

房产销售员都是为“赚钱”这一共同目的而工作的。顾客是我们的衣食父母，所以要认真对待。

对于自己在展厅接待的顾客，销售员拥有负责到最后的权利*。因为如果拿下顾客的合同，就能入账数十万日元的提成，所以销售员们都拼尽全力。虽说大家都是同事，但也不可能一直和谐地相处，虽然大家表面上相安无事，但内心深处却都将彼此视作竞争对手。

今天是连休的最后一天，预计会有很多顾客来展厅。开门

---

* **负责到最后的权利**：如果最初是自己接待的顾客，那么这位顾客第二次、第三次来访时，该销售员也有负责接待的权利。即使顾客说了“我需要考虑考虑”而没有给予立即答复，也依然被视作该销售员的顾客，直到这位顾客正式拒绝为止。不过，销售的权利不是永久的，有三个月的规定期限。此外，当顾客提出“希望更换负责人”时，该期限将不再适用。

之前，我们一大早就给大量气球*充气，非常辛苦。但这也是销售员工作的一部分。

准备就绪后，八位销售员全体集合，决定今天接待顾客的顺序。决定顺序时用得最多的方法是抽阿弥陀签，简单一点的话还有石头剪刀布。

抽阿弥陀签，偏偏我抽中了八号，也就是说第八组来客将由我负责接待。会碰见怎样的顾客，这完全取决于运气。如果顾客“只问不买”，直到销售员全员决定下一轮的接待顺序之前，都只能等待。

即使碰到“只问不买”的顾客，也必须认真接待到最后，这是销售员应有的礼仪。

但是，并非所有销售员都是这么想的。

特别是像今天这样的连休日，顾客纷至沓来，有的销售员一旦判断出对方成不了顾客，就立即甩手离开，转而接待其他顾客了。

同事德田先生就是其中之一。德田先生是五十九岁的资深销售员，他今天抽中了四号签。

“欢迎光临！请问您考虑几LDK[1]的房子呢？”

---

* **大量气球**：被用来装饰展厅和样板房的所有地方，用来营造出华丽感，也可以送给来展厅的孩子。但是现在，后者的需求不太多了。令和时代（2019年5月至今）的孩子们似乎对气球没有那么喜爱了。

被德田先生这么问，顾客一副怕麻烦的样子说：

“没有，我们已经决定好了建筑公司，今天是来参观房屋展厅作为参考。”

于是，德田先生说：

“这样啊。那么，请随意参观。不过，请尽量不要用手触摸展厅内的设备。”

扔下这句冷漠的话，他立即转到别的顾客那里了。很多房产销售员比较像个体经营者，不太考虑“这样的态度，公司形象会如何”之类的事。

抽中阿弥陀签五号的二宫先生平常就是不苟言笑的人，和顾客商议时甚至也完全不带笑容。一句客套话都不讲*，像朗读产品目录一样地商议，这是他的特征。TAMAGO HOME没有“销售员谈话指南”，虽然大体的商议流程都是固定的，但接待顾客时的谈话会显露销售员各自的个性。

与二宫先生相反的是抽中六号签的田村先生。他口若悬河，完全不听顾客的想法。到签约为止，他对于顾客要求的任何事

* **一句客套话都不讲**：害怕沉默的我，有时候只是在一旁看二宫先生接待顾客的情景，都会担惊受怕。但是，顾客的喜好也是千差万别。没有废话，只谈论与住房相关的话题，有时候二宫先生也凭借这一点赢取了顾客的信任。销售员既有适合自己的顾客，也有不适合自己的顾客。

情都是“好，好，没问题”的全盘同意，赠品也豪气送出*。但是，签约之后经常发生纠纷。“这个，你说过会赠送的啊。”诸如此类的投诉经常发生。

抽中七号签的菊池先生不仅在我们营业所，而且在整个TAMAGO HOME东北地区都是业绩第一的能手**。

他以前是工地主管，所以对建筑工地的现场非常熟悉。他能够准确地给出顾客想知道的建筑知识，应对顾客非常迅速，且有人格魅力，与顾客的交流始终保持笑容，是不受销售员这一框架限制的艺术家。而且，菊池先生也是引导我这个行业小白入门的师傅。

菊池先生和一早来展厅的夫妇亲切交谈着，就像是十多年的老朋友一般。

那么，最后抽中八号签的我，会遇见怎样的顾客呢？今天也是销售员们展开酣战的一天啊。

---

* **赠品也豪气送出**：不只是田村先生，很多房产销售员都将签约作为最首要的任务。为了签约，什么都赠送，他们一般想的是：“后面的事情等签约之后再考虑。”

** **业绩第一的能手**：“无论是哪家开发商建造的房子，只要是人制作出的东西就没有完美的。根本区别是当施工失误被发现时，存在着‘应对迅速的销售’和‘应对迟钝的销售’两种反应。对房屋的所有投诉之中，九成不是缺陷和施工失误，而是发生事情时迟钝的应对措施和速度。”我的师傅菊池先生的这句话，成了我之后的规诫。

译者注

1 LDK：日本常用的房型术语，L、D、K分别指卧室（Living Room）、餐厅（Dining Room）和厨房（Kitchen）。例如，3LDK指的是整套房子由3间卧室加上餐厅和厨房构成。

某月某日

优惠活动：

“本月特别福利”的真相

开发商为了获取订单，会千方百计地附赠各种各样的福利。一般会说：“如果这个月签约的话，会获赠这些商品，非常划算。”例如，附赠洗碗机、二楼卫生间、厨房升级服务、浴室电视机等很多价格昂贵且非常有吸引力的商品。

这个月，TAMAGO HOME 正在开展“公司成立十五周年纪念活动”，开展“赠送洗碗机、厨房升级、二楼卫生间、十八毫米外墙板*、冲浪按摩浴缸、地板材料升级”等一系列前所未有的超级福利活动。

如此大力度的优惠活动深受顾客的喜欢，对于销售员而言，这一活动对促成签约也大有帮助。

而且，如此盛大的活动，总公司也会拼尽全力，通过报纸

---

* **十八毫米外墙板**：不同等级的外墙板厚度不一样。外墙板厚度增加的话，隔音性、隔热性、耐火性也随之增强，相应地价格也会提高。一般的外墙板厚度是十六毫米。随着等级上升，厚度也会增加成十八毫米、二十毫米等。

的插页传单*等形式进行推广促销。

样板房的入口等地方到处都贴着活动传单，所以很多顾客第一次光临的时候就会被吸引。

和鸠山夫妇商议了两次之后，我的接待也得心应手了起来。虽说如此，想在第三次商议到签约那一步还为时过早。实际还需要花费一到两个月的时间，才能到签约那一步。但公司要求在这个月的截止日期之前确认好对方的签约意向。

“鸠山先生，我想您可能已经知道，本月的‘公司成立十五周年纪念活动’，是我在公司工作这么多年都没有见过的特大优惠。但是，这个活动只适用于本月签约的顾客，下个月就没有了”。

“欸，真的吗？”鸠山先生的妻子非常遗憾地低声说道。

“我并不想让你们为难，但如果你们最终选择签约，肯定这个月签约更划算，而不是下个月。”

“本来想再稍微仔细考虑考虑的……但是，如果迟早都要签约的话，还是有优惠活动的时候比较好啊。”

这么一来，我成功说服了鸠山先生在这个月签约。

不出意外，本月营业所全部的销售额都远远超出了指标

---

* **报纸的插页传单**：现在，网络和社交媒体等广告媒介正日益成为主流，但在都市以外的地方区域，报纸的插页传单的宣传效果仍然非常强劲，TAMAGO HOME 非常重视传单。

任务。

“果然这个月的活动很有影响力呢。”

每位销售员的签约数量都很多，大家都这么说道。

但本月毕竟是活动期，下个月开始一切都重新归零，销售员们又要开始新的战斗。

我思考着下个月该怎么办。次月月初，各位销售员都收到了总公司发来的邮件通知。

“各位销售员，上个月辛苦大家了！由于上个月的活动深受好评，公司决定将活动延长到本月。”

对于这个通知，销售员都感到高兴，但我内心却涌现出怀疑，因为我感觉活动延长的决定来得过早了。

而且当天下午，我们就收到了本月的活动详细表单，上面写着：本周末的报纸插页传单已安排完毕。而且，公司的网页也已经上传了本月的活动内容。

我看着本月的活动内容，简直不敢相信自己的眼睛：

玄关的钥匙升级为卡片钥匙、标准照明*全部升级为LED、配置快递柜、厨房的水龙头装配免接触感应器……活动的赠品比上个月更胜一筹。

“这下糟糕了……”

---

* **标准照明**：指玄关、浴室、卫生间等空间原本安装的照明灯具。

上个月促成顾客签单时，用滥了的销售话术是这样的：

“这个活动，是我至今为止的销售生涯中从未有过的超级福利，比起下个月签约，绝对是这个月签约更加划算，因为这样的活动今后不会再有第二次。”

如果活动延长的话，这套销售话术事实上就成了“欺诈”。

我们销售员这个月也会与上个月签约的顾客商议见面。因为顾客都是看了上个月的活动传单和官网之后前来的，所以这个月不可能看不到。

几天后，不出所料，鸠山夫妇握着本月的传单来了。“那个，你！看看这个。比起上个月，这个月不是更划算吗？如果知道是这样的话，我们绝不会着急上个月签约。你！其实是知道的吧？！”

因为其他顾客也都在看着，我立即将他们引导到单间*。总之，先将他们隔离在密闭的房间，然后就只能谢罪了。

这种场合，并非只道歉就可以。我必须让他们知道我对公司也深感愤怒。

“鸠山先生，真的万分抱歉。实际上这件事，我也非常生气，就在刚刚，我还和总经理大吵了一架！”

表现得比顾客还要愤怒的同时，我一遍又一遍地低声下气

---

* **引导到单间**：可以说这样的投诉处理是通用的，一定要避免正在生气的顾客被其他顾客看到。

地低头俯身道歉，鸠山夫妇也只能悻悻而去了。

虽然鸠山先生的愤怒是理所当然的，但无论如何对他最后问的那句“你！其实是知道的吧？！”，我很想断然否定。如今看来，总公司无疑从一开始就打算延长活动。但是，我们销售员的确不知情。

如果事先告知销售员活动延长的消息，我们上个月就不会那么强拉顾客签约了。或许这就是总公司的制胜关键吧*？！就是我们常说的：“要想骗敌人，首先要骗过伙伴。”

* **总公司的制胜关键**：说到底，总公司只重视促销，对于那些解释不通的企划和安排，他们的态度是“销售部门努力想办法”。为他们擦屁股的永远是身处第一线的我们。

某月某日

礼品猎人：
注定落空的顾客

房屋展厅会定期举行活动来吸引顾客。活动内容有超人战斗表演、抓取零食、赠送消费礼品卡、情人节无限量发放巧克力、正月赠送福袋等，为了吸引顾客驻足停留，各家公司都在苦心策划。

虽然开发商的意图是销售房屋，但是不少无意购买房屋的顾客领完所有礼品就回家了*。

我们TAMAGO HOME福岛营业所，每次活动都有只是为了礼品而来的顾客，而且都是熟脸，已经逐渐成了常客**。

但即使是那样的顾客，如果苛待也会酿成严重的后果。

---

* **领完所有礼品就回家了**：不可思议的是，越是真心考虑购买房屋的顾客越不喜欢领取礼品。不如说，奔着礼品来的都是成不了顾客的人。有一次，举办“赠送五公斤新潟越光米”的活动时，一对生活穷困潦倒的夫妇红肿着眼睛前来，哭诉他们“今天没有米吃”。

** **逐渐成了常客**：每一次都只为礼品而出现的顾客，虽然令人讨厌，但我们也记住了他们的脸。有的顾客甚至都可以被列入营业所的“黑名单”。

前些日子的活动，总是觊觎礼品的熟客又出现了，是一位每次活动都独自前来的四十多岁的女性，她毫不客气地领完礼品就立即离开，在销售员的圈子里非常有名。

这一次，她像往常一样索要礼品，同事比留间先生拒绝道："顾客，上周您也来了，这次就不要再领取了。"

这位愤怒的顾客立即向总公司的"顾客咨询室*"点名投诉了比留间先生。

她肯定多少添油加醋地说了一番，总公司的人不知道她的品性，大为震怒，因为这"有损顾客的信赖，损害了公司形象"。比留间先生不仅被严重警告，还被要求写检讨书。

所以，对于这样的顾客，赶紧将礼品递给他们，让他们早早回家才是良策。

今天正值正月活动的高峰期。我们准备好了"福袋"，报纸的插页传单上也登载了大幅广告。活动时，我们在外面搭起帐篷，销售员在里面待命。

早上9点，营业所刚开始营业，一辆车便开了进来。

我向他们问候道："欢迎光临。"电动车窗打开了，只露出

---

* **顾客咨询室**：这里直接处理全国营业所的投诉和不满。投诉内容五花八门："被销售员粗鲁对待""施工成果很糟糕"，或者是被施工工地附近的居民投诉"现场工人随意乱扔烟头"，等等。顾客中，也有一旦不能如愿，就吓唬销售员"我要给顾客咨询室打电话"的人。

脸的男子问："还有福袋吗？"虽然并非脸熟的"礼品猎人"，但我感觉似乎也曾见过他。总之，一上来就询问福袋，肯定没有买房的打算，注定是落空的顾客。

"肯定有的啊，因为你是第一个来的。"

尽管内心这般嘀咕，但是不能不接待，所以我回答道："有福袋的哟，我为您带路，这边请！"并将顾客引导到帐篷的等候处。

来展厅的是四十多岁的夫妇和他们的父母，一共四人。

因为开发商的目的是获取顾客情报，所以顾客获取礼品的条件是填写调查问卷*，必须写明"住所、姓名、出生日期、联络方式"。

当我把调查问卷递过去，说"麻烦先填写这份资料"时，男子不知为何开始犹豫。

"这个东西，必须填写吗？"

我坚定地说："是的，这是规定。"

"我讨厌写这样的东西，填写了的话，你们马上就会打来电话，上门推销吧？"

我开玩笑式地回答："那不是肯定会打去的吗？"男子则是板着脸说："那么，我不写了，我只要福袋。"

---

* **条件是填写调查问卷**：此外还有：计划购买房屋的时间和家庭成员构成，已经看过哪些开发商等各种各样的情报信息。越是没有购房意愿的人，警戒心越强。

“顾客，福袋只赠送给填写调查问卷的人。”

为了避免麻烦，我郑重而礼貌地拒绝了。

“在其他开发商那里，没人要求做这样的事呢。”

虽然嘟嘟囔囔地说着，他还是开始填写问卷了。

不管怎么看，这位都不会成为顾客，虽然这么想，我还是引导他参观了样板房*，然后再将他们几个领到会议桌前。

但是，四位家庭成员一直对我的解说心不在焉。我觉得再这么继续解说下去也只是浪费时间，便将他们心心念念的福袋拿给他们，结束了接待。

我一心想着让他们早点回家，然而男子又开始磨磨叽叽。

“那个，我们四人不属于同一户家庭。”

也就是说，这对夫妇虽然和父母同一辆车前来，但是户口是分开的，所以还想多要一个福袋。的确，插页传单的广告上宣传的是“一户可领一份”。唉！真是败给他们了。

我立即又递给他们一份礼品。虽然只是走个形式，但我还是将他们一直送到车子前。

仔细一看，车里还有很多从其他公司领到的福袋。

这就是“礼品猎人”，是专业的工作。

---

* **引导他参观了样板房**：冲着礼品来的顾客之中，也有人不想被认为只是为了礼品而来，会假装想要参观样板房。这些人，我们通过感觉也能看出来。无论对于参观的人也好，还是对于领他们参观的人也好，这都是在毫无意义地浪费时间。

某月某日

企业文化：

没有指标，但有目标

对于所有的销售员而言，“指标”都是令人深感沉重的词语吧。

TAMAGO HOME没有“指标”，但有“目标”。

我们被要求在每次的会议或是早会上宣布当月“目标”。

“我这个月的目标是两个五千万日元的订单，一定做到！”

听完后，猫泽店长会说：

“很好！一定会做到。要对自己的话负责哟！如果做不到会怎样，你知道吧？”

如此一来，“目标”不知不觉地就被替换成了“指标”。

不仅仅是我们底端的销售员，猫泽店长也被设定了指标。作为营业所的负责人*，他必须完成总公司设定的指标。

---

* **营业所的负责人**：在TAMAGO HOME，店长作为营业所的负责人，不仅肩负整个营业所的“目标”，也被制定了个人的“目标”。猫泽店长是有能力的人，所以一般可以达成，但有时也会因为身为店长的事务过于繁忙，尽管完成了营业所的“目标”，却没能完成个人目标，非常辛苦。

营业所的成绩直接关系着店长的晋升，而猫泽店长想成为总公司的董事。猫泽店长拼命想成为总公司的董事是有理由的。

在解释这个理由之前，我先来说明一下TAMAGO HOME的企业文化吧。

TAMAGO HOME创立于20世纪90年代末，后急速发展成贩售低成本住宅的公司。创始人这一代将公司发展成拥有两千亿日元销售额的上市企业。2022年，创始人的儿子成了社长，创始人成了董事长。

创始人还在担任社长时，曾来我们营业所视察过。这对于营业所而言是非常重大的事情。

总公司提前发来指示：当天，员工将有直接向社长提问的机会，所以请各位提前考虑好问社长的问题。所有销售员设想好问题后统一交给上司。总公司部长和店长逐一检查收集上来的问题，这完全是堪比皇室记者招待会的流程形式。

当天，距社长预计抵达时间还有三十分钟时，福岛县内营业所的所有员工（行政人员、销售员、工地主管、设计师）都已经列队在外面等候。“顾客至上主义”的社训也不知去哪里了，当天发出通知：工地主管不用去工地，销售员也不用招待顾客。

社长乘坐着总经理驾驶的车准时抵达营业所。

但是，没有人从停下的汽车上下来。持续沉默了一到两分钟后，驾驶座的车窗打开了。

“在干什么！打开车门！”

牛田总经理发出怒吼*，原来社长和总经理都在静静等待有人为他们打开后座车门。

员工们慌忙地冲上去，打开车门，社长和蔼地说着“哦，哦”登场了。

将他们引导到会议室后，在汇聚一堂的员工面前，社长开始致辞。

“各位，辛苦了。现在，东北地区因为地震灾害影响，房屋需求量很大。总之，这个时期，尽可能地多签合同，能赚钱的时候就必须赚钱。这可是机会哟。”

相较于大企业的社长，他看上去更像是镇上建筑公司的老爷子。

接下来，就是预定好的向社长提问的环节。

员工们轮流向社长提出问题。

“您决定成为经营者的契机是什么？”“社长的兴趣爱好是什么？”“社长在休息日一般做什么？”

都是些被事先筛选过的没有大碍的问题。

起初社长面带微笑地回答这些问题，但他渐渐地对一连串

---

* **牛田总经理发出怒吼**：只有在社长面前能表现到这种程度的人，才能在TAMAGO HOME得到晋升。当年的牛田总经理现在已经晋升为副董事长。

无聊的问题感到焦躁。

“刚刚也是同样的问题呀，大家都是同样的问题啊。”

尽管如此，员工们还是继续按照预定的顺序提问。终于，社长打断了员工的提问：“啊，够了！”周围的捧场者们惊慌失措的表情至今令人记忆深刻。

总之，TAMAGO HOME就是这般将上级意志彻底贯彻到下级*的金字塔组织。

总经理以上的级别的领导来营业所时，也同样如此，由营业所的店长进行接待。甚至这时的接待费也是店长自掏腰包。猫泽店长在接待总经理的第二天，也会抱怨：“那个家伙，说去完夜总会后还要去菲律宾酒吧**，全都是我付的钱！”

也就是说，猫泽店长，想要拼命成为领导，是想从自己招待人变成别人来招待自己。

所以，没有达成营业所指标的那个月会非常难熬。

他对这个月又没能完成目标的小野寺先生说：

---

* **将上级意志彻底贯彻到下级**：这个公司，越是身居高位的人越表现得不可一世，这还被当作美德。猫泽店长也是一样。他参加完东北区域的店长会议，回到营业所，就会在大家面前得意地说些自满的话：“我正色厉声地指出总经理的做法不合理，能那样子说总经理的只有我了吧！”见过店长和总经理日常交流的我们都各自在心底吐槽“真是这样的吗？”。

** **菲律宾酒吧**：不知为何，我周围的人相较于日本人经营的夜总会，普遍更喜欢菲律宾酒吧。总经理和店长也是如此。在酒吧用只言片语的日语交流，这种独特的快乐绝不是年轻人所能理解的。

“你，为什么要影响我的前途？给我好自为之吧！”

我在刚入社的时候，也曾有过类似的经历。

“你！已经连续两个月没完成目标*了吧，如果这个月还是完不成目标，你怎么办？”

“无论如何，我会努力。”

“不对，不是说什么努力，而是具体要怎么做？”

他步步紧逼地问道。

公司不需要无法取得业绩的员工。但另一方面，又不能强迫他们辞职，所以会在精神上步步紧逼，让他们不得不主动辞职。房产销售员所面对的就是如此严苛的世界。

---

* **连续两个月没完成目标**：说到底，刚进入公司不久的社员如果没有行业经验，与外行无异。我也是这样。但我是以中途转职模式被录用的，被当作可以立即发挥作用的战斗力，所以那样的道理并不适用于我，我必须立即出成果，结果就是被如此步步紧逼。

某月某日

以儆效尤：
业绩不佳的销售员

房产销售员完成业绩除了要靠努力和实力，顾客缘和运气等因素也很重要。有趣的是，有的月份能签约，有的月份无论怎么努力也签不了约。但是，对于公司而言，结果就是一切。

在TAMAGO HOME，连续三个月以上没有成功签约的销售员会受到“停止接待顾客”的处分。顾名思义，“停止接待顾客”就是停止接待展厅的顾客。

展厅的顾客都是公司通过打广告、推广活动、花费大量经费招揽到的，可以说聚集在展厅的顾客等于公司的资产。三个月都没能与这些顾客中的任何一人签约，这是销售员的失职。让这样的销售员接待好不容易招揽来的顾客，实属浪费资源，这就是公司的理由。

那么，被烙上“失职”烙印的销售员如何寻找顾客呢？

通过翻找以前来过展厅的顾客的调查问卷，给他们打电话，以及突击拜访他们的家。

最近，顾客可以通过网络向多家开发商同时申请房产目录和资料，这被称为“批量申请资料”，这样开发商就可以掌握申请资料的顾客的住址。

今天，是我拜访申请房产目录的顾客*的日子。查询好地址，带上厚重的目录，就算准备完毕了。因为平常都是在展厅里等候，以拜访顾客的理由外出，其实是很好的散心消遣。

我到了第一位顾客的公寓。根据他们申请房产目录时填写的情报，这是对三十多岁的夫妇，两个人因为都在工作，并不在家。

我打算将带来的目录放置在门口，但是玄关门把手上已经挂着很多资料了。因为顾客通过“批量申请资料”向多家开发商申请了房产目录，这种情况说明其他公司的销售员已经早一步来过了。为了防止将便宜的门把手压断，我将资料放在了地上。

重整旗鼓，我出发去第二家，按下门铃后，立即有人应答。男主人出来了，但是他的脸上明显带着厌恶之色。

“就是不想被销售缠上，才从网上申请了资料，但每一家公

---

* **拜访申请房产目录的顾客**：申请房产目录和资料的顾客，往往都是“天上掉下来的”现成顾客，经常会被业绩好的销售员抢先一步。每次都搞不定展厅的顾客，被“停止接待顾客”的销售员就会挖掘数年前的展厅顾客的调查问卷，进行电话预约，或者突击上门推销。

司都拿着资料来我家。你是今天的第三位了。”

每一家公司都很拼命。

但是我还算处境好的，还有更糟糕的。连续三个月没有签约成功的小野寺先生被指派的任务全都是突击上门销售：针对接下来有可能要重建房屋*的老旧住宅街居民和今后可能要建造房屋的公寓住户，以这些人为目标群体，进行未经预约的突击上门推销。因为这里面大部分都是完全没有建房打算的顾客，所以效率非常低。

而且，营业所为了防止这样的销售员怠工，早晨会有人开车将其送往目的地，让他独自下车**，直至傍晚才会有人前来接他，也就是“强制劳动”的状态。实际上，突击上门推销也有一种对业绩不好的销售员进行惩罚游戏的意味。当然这也是以儆效尤的做法：“业绩不好就会变成这样哦。”

傍晚，小野寺先生结束了突击上门推销，回到了办公室。

---

* **重建房屋**：在日本，经常会听到“我家已经住了三十年了，差不多该重建了”之类的话。之所以建筑年龄以三十年为分界点，不过是因为住房贷款的偿还期限为三十五年。虽然建筑物的状态、位置情况不同，劣化程度也不同，但是维护翻新过的房子，使用超过四十年基本没有问题。即使是没有维护过的房子，三十年就考虑重建也为时过早。

** **独自下车**：虽然我认为这绝不是全公司范围内都会做的事情，但确实一旦被停止接待顾客，销售员就必须自己考虑寻找顾客的手段，其中之一便是突击上门推销。因为先被车子丢下，之后再被接上车，所以该做法又被叫作“降落伞”。

“辛苦了！今天怎么样？热吗？*”

小野寺先生在猫泽店长面前，铺开一张很大的地图：

“是的，我今天按照这个路线跑了这片区域。我暂且打算再去一次这家和这家。”

他详细地报告了今天一整天的行动。

这位小野寺先生，在接待顾客的时候连一句玩笑话都不说，所以和顾客的交流不算热火朝天，因而最后总是签不了约。他与我同龄，也有两个孩子，家庭构成很相似，所以我们是关系很好的同事，但是我们只聊工作，所以就算聊天也很无聊。

“店长，明天我想去这个街区。”

不愧是非常认真的小野寺先生，连明天的准备都已经做好了。

猫泽店长看了看地点，然后说：

“你，就是因为总在住宅区走动，才签不了约。知道吗？这种密集的住宅区，各家销售员都会去转悠的。”

在一旁听着的我也觉得店长说的有道理。

店长从小野寺先生那里拿起地图，翻了翻，说：

“明天去这里试试吧！虽然跑不了那么多户，但这附近应该

---

* **热吗？**：在猫泽店长的用语里，“热”表示“有戏”，超级有戏就是“非常热”。相对的，零签约的社员是“章鱼”，“今天是章鱼吗？”“明天别做章鱼了！”之类的话，我们的耳朵都要听出茧子了。

不会有销售员去过，所以或许是个宝藏之地。”

小野寺先生一脸老实模样地说：“谢谢。”

“用那副阴郁的表情去拜访顾客，就算是能拿下的合同也拿不到啊。微笑！微笑！”店长鼓励道。

“啊，对了，除此之外，要注意不要被投诉。我们是上市公司的员工，所以务必注意自己的言谈举止。”

这种类型的上门推销是在没有预约的情况下突然拜访不特定的人，所以如果表现出威压态度，或是纠缠不休的话，会有被投诉通报的风险*。

所以，公司在要求员工突击上门推销**时，也会加以严格指导，防止出现投诉。

次日，按照猫泽店长的指示，一整天都在突击上门推销的小野寺先生在傍晚6点多回到了办公室。

小野寺先生径直走向店长的座位，汇报自己成功地在一个

---

* **被投诉通报的风险**：当我们在工作时，脖子上会挂着写有“公司名称、姓名、社员编号”的社员证。这样一来，上门推销时，顾客能立即确认我们的真实身份。所以，如果他们不满意，就会立即向公司的“顾客咨询室”投诉。

** **突击上门推销**：现在每家都有带监视器的门铃。想上门推销必须突破这个门铃，这相当困难。我自己在家的时候，门铃响了后，如果看到身着正装的陌生人，我也会假装不在家来摆脱麻烦。

顾客那里获得预约*。

“你做到了呀！等顾客来展厅的时候，好好接待，然后拿下这个月的合同吧！”猫泽店长也很高兴，小野寺先生看上去也颇为得意的样子。

“做得很好。不过，没到签约那一步不能掉以轻心。但那一片区域，住宅之间离得比较远，走了不少路吧？”

“没有，走路倒不辛苦，但这地方周围什么都没有，找卫生间很痛苦。”

“你不会在外面小便了吧？”店长开玩笑式地问道。小野寺先生回答道：“小的还好，大的有些忍不住。”

平日不爱开玩笑的小野寺先生这样回答，猫泽店长的脸色都变了。

“你！真的吗？以前有销售员被顾客发现在自家旁边小便，最后可是丢了合同。随地小便倒无所谓，但是被人看到随地大便，可不是拿来开玩笑的。”

“店长，没关系的。我是在田埂角落的草丛里解决的，所以没有被谁看到。”

这句话原本是为了让猫泽店长放心，但实际上却是火上

---

* **获得预约**：不仅指来展厅参观的预约，也包括和顾客的所有约定。基本上，大部分预约的目的是让顾客来展厅，但也有很多预约是来参观已经完工的住宅（新建住宅展示）。不管怎么说，这都是与最终购买房屋紧密相关的一步。

浇油。

“随地大便的人都认为没被人看到。知道被人看到了还随地大便的，只有变态！如果被谁看到了该怎么办？！你大便的地方，在这个地图上的哪里？给我圈出来！”

小野寺先生老实巴交地在地图上做标记：“在这一家和那一家中间，所以应该是这一块。”

“还有，你正在随地大便的时候，脖子上没有挂着公司的工作牌吧？”

说到底，店长担心有人向总公司投诉，从而导致自己被追究监管责任*。然后，他立即面向全体销售员大声说道：

“喂！大家都给我好好听着！这不仅仅是小野寺一个人的问题，工作牌就等于公司的招牌，随地大便的时候一定要摘掉工作牌！”

---

* **监管责任**：营业所处理投诉到总公司的案件时，店长必须提交一份《投诉处理报告书》，需要总结：“这是什么投诉？是如何处理的。”怕麻烦的猫泽店长曾经引发过一次恶性事件。明明他处理的投诉还没有完全解决（令对方满意），就向总公司提交了“处理完毕”的报告，然后再次收到投诉人的投诉。

某月某日

免息贷款：

令人紧张的定金话题

我经常被顾客询问："需要准备多少自有资金？"

虽然基本上，住房贷款可以覆盖绝大部分费用，但即使如此，还是要准备好最低限额的自有资金，其中一笔就是和开发商签约时需要支付的"定金"（又叫"预付款"或"保证金"）。

不同的开发商，金额会有所差异，有定金一律一百万日元的，也有按合同金额的百分比（比如合同金额的3%或者5%）设定的。无论哪种，一般都是签约时就需要支付，一分不交就能和开发商签约的情况几乎没有。

我们一般会觉得，正打算购房的人应该有相应的现款，但实际上未必如此。特别是像TAMAGO HOME这样的低成本开发商，它的不少顾客都是资金紧张的人*，有顾客都决定要签约了还没准备好定金。

在TAMAGO HOME，原则上定金是一百万日元以上，这笔钱将抵扣后续款项。

我们公司有一项“特别措施”：销售负责人向总公司申请，如果被批准，最低支付十万日元也可以。如果告诉顾客“定金为一百万日元”，对方发出“欸！”的惊呼声的时候，就要想起这项“特别措施”，告诉顾客“一般是一百万日元以上，但是最低十万日元，也可以签约”，好让他们安心。

关于定金的解释说明，通常在顾客决定签约之后进行。所以每一次，定金都是会令人紧张的话题**。

今天的顾客竹下先生也很担心定金问题，虽然他和妻子是三十岁出头的双职工夫妇，但是家庭年收入只有三百五十万日元，并不高。虽然通过了银行贷款审查并走到了签约这一步，但他们怎么也没想到还需要一百万日元的定金。

---

* **资金紧张的人**：销售员会将和顾客的商议内容记录在使用复写纸的“商议记录书”里，其中一份交给顾客，另一份由公司保管。这是为了防止双方因理解存在分歧引起纠纷。某位销售员在记录书的备注栏中写下“艰巨”一词，就这样将备份交给了顾客。其实他指的是顾客的资金情况比较紧张，本意是用于提醒自己，却递给了顾客。该销售员意识到之后向店长汇报，两个人都非常惊慌失措，但最终顾客并没有发现，什么事情都没有发生。

** **令人紧张的话题**：在大型开发商工作的一位熟人说他不太有这方面的担心。开发商不同，顾客群体也不同，这是只有低成本开发商才能体会到的惊险瞬间。

面对申请到贷款后放下心来、新房梦想快要实现的竹下夫妇，我战战兢兢地开始切入正题。

“今天，我想和你们确定好房屋的签约日期。为了确认签约意向，希望你们在签约日的前一天之前支付定金。”

“定金？”竹下夫妇开始窃窃私语。

“公司规定定金为一百万日元起步，这些钱将用于抵扣施工费用，到时会从剩余需要支付的金额中减去这一百万日元。”

我边冷静地进行事务性的解释，边观察他们的表情，两个人的脸上都浮现出为难的神色，怎么看都不是没事的样子。

此时，绝不能显露出“连那点钱都没有吗？”的态度。重点是千万不要伤害顾客的自尊心*。

“一百万日元确实是一大笔金额，如果你们有定期存款，只要有十万日元也没有问题。”

我以为这会让他们感到安心，但两个人脸上为难的神情并未消失，他们又继续窃窃私语地商量。

“这十万日元，能从你父母那里借吗？”

“不行，那行不通的。”

我偷听到了这番对话。明明申请到了贷款，却因支付不起

---

* **顾客的自尊心**：金钱话题直接关乎顾客的自尊心，所以必须慎重处理。对于不申请贷款，全部使用现金支付的顾客，我们需要对方银行存折的复印件，从而确保有达到合同金额的存款余额。如果传达方式错了，会让顾客觉得被冒犯：“我有钱，你不相信吗？”

十万日元的定金*而不能签约，这种情况简直是闻所未闻。

焦躁不安的我暂时离开了座位，走向猫泽店长的位置。

“竹下先生表示十万日元的定金也很为难，该怎么办？”

“真的假的？从没听过这样的事。那只能让他们去找ACOM之类的信贷公司了。”

我们不可能向顾客提出这样的要求。这完全是无法参考的建议。我沉默不语，然后店长用食指咚咚地敲自己的桌子，盯着我。

“已经这样了，那只有那样了。”

“你说的那样指的是什么？”

“屋敷，你也想要合同的吧？而我也不想让营业所的业绩掉下来。幸好他贷款通过了，迟早会收到银行转账过来的贷款资金。屋敷你个人借给他们，不是亏本买卖吧。”

也就是说，店长要我个人借给竹下夫妇十万日元。

因为你是店长，所以你自己借给他们吧——这其实是我内心的真正想法。但是，合同这个猎物就在我眼前，不能放弃，这就是销售员的悲伤本性。

我立刻回到了顾客所在的会议桌前。

---

* **支付不起十万日元的定金**：通常情况下，购买住房时，自有资金的金额应是各项手续费或购买价格的3%左右。明明买房了，手头却连十万日元都拿不出来，这让人觉得从一开始就是错的。如果按照这种情况申请贷款，将来肯定会遭罪。当然，试图让这些人购买房屋的我们也存在问题。

“我有办法了。本来至少需要拿出十万日元的定金，但因为我对竹下先生也有个人情谊，我个人暂时借给你们十万日元，怎么样？”

当我这么一说，两个人立即低头说：“谢谢！”

“等银行贷款到账的时候，还给我就可以了。”

我佯装平静地这样说。这笔借款不仅没有利息，而且我至少还得等一个月才能收到还款。况且预付十万日元，对我而言也并非易事。

我过着从妻子那里每天领一千日元*来上班的生活。这是因为我二十多岁时，差点因为浪费过度导致离婚**。自那以后，我的工资全部交给妻子管理，她不允许我随身携带多余的钱。因为妻子知道，如果我有一万日元，就会在一天内花个精光。所以她总是只给我一千日元。即使是工作上的“经费”，对我来说，拿出十万日元都是件大事。

---

* **每天领一千日元**：我妻子的父亲在工厂工作，烟酒不沾，早上上班，中午在公司食堂吃，然后午休时打排球，下午5点回家。据说这样的生活他持续过了几十年。妻子是看着她父母这样的生活模式长大的。所以她一直觉得每天给我1000日元足够了。然而，我每天早上买香烟就已经花了一半了。

** **差点因为浪费过度导致离婚**：在做前一份工作（后面会详细介绍）时，我拥有多张银行信用卡，每天晚上都出去喝酒。最终总计消费了近两百万日元，靠妻子的积蓄才全部还清。

后来，我总算设法从妻子那里取了十万日元*，以顾客的名义转账给了TAMAGO HOME。

自此，直至顾客的贷款到账，借出去的十万日元还回来为止，每一天我都不得不做好被妻子督促的准备。

---

* **从妻子那里取了十万日元**：当我向妻子解释情况时，她理所当然的反应是："连十万日元都没有的人买房子？你把房子强行卖给那样的人啊？"我死乞白赖地请求道"一定会还回来的"，才总算成功借到了钱。

某月某日

一流开发商、三流开发商：

选哪家的房子？

通常，人们在购买商品时，会把握清楚它的价格和自己的资产之后再去购买。但是，购买住房时不是这样。

住房的价格是未知的。虽然每家公司会公开“每坪单价[1]”，但顾客一开始很难知道包含其他杂项费用在内的总金额是多少。而且，由于顾客大多通过申请住房贷款来支付必要的金额，所以没有必要确认自己现有的资产。

实际上，开发商不同，每坪单价和总金额也存在很大的差异。

A开发商每坪四十万日元，B开发商每坪七十万日元，这种情况时有发生。简单计算的话，建造四十坪的建筑物[2]，A开发商的价格为一千六百万日元，B开发商则为两千八百万日元。

为什么会出现这种差异呢？这就是所谓的一流开发商和非一流开发商的差异。

众所周知的S HOUSE和M HOME，以及S林业等开发商都是所谓的一流开发商。顾客们往往会先去参观这些一流开发商的样板房。

只是，这些开发商的价格也相当高。所以，也有相当多的顾客因为年收入及自有资金的问题，无力选择这些开发商来建造房屋。据我在一流开发商工作的熟人说，承担得起的顾客大约是到访顾客的三分之一。

虽然顾客们是带着“选择哪家开发商好呢？”的想法去展厅的，但实际上，开发商也在估量顾客的身价。顺便说一句，我前一份工作是消费者金融方面的，当时我购买了S HOUSE的房子。这个房子后来怎么样了，后面的章节我会再详细讲述。

如果是一流开发商，哪怕只是商议，每次除了销售员之外，一同在场的经常还有设计负责人和税务负责人。而在TAMAGO HOME，从图纸的商议开始，一应俱全的所有事情*，都是销售员一人处理。

如果是从上午一直到下午的商议，午休时一流开发商甚至会准备好豪华便当。在TAMAGO HOME，虽然饮料可以无限喝到胃下垂，但是并不提供便当。商议的时候，一流开发商还会

---

* **一应俱全的所有事情**：除了图纸的绘制、商议之外，当工地主管很忙的时候，我们还要代为商议各项样式设计（比如外墙和地板材质，墙纸颜色，等等），当事务员繁忙时，我们还要帮忙看管孩子。实际上，我曾经被顾客带来的顽皮孩子骑在脖子上，还要同时商议图纸。

有专门负责照看小朋友的专业女性员工*。

另外，在一流开发商那里由设计师负责的图纸设计**以及由家居搭配师负责的家居方案在低成本开发商这里，全都是由销售员和工地主管负责。

换言之，这一切都会体现在价格上，所以一流开发商的坪单价也会飞涨。

今天，我和三十多岁的海部夫妇进行房间布局的商议。海部夫妇原本想通过一流开发商建造房子，但是鉴于经济情况未能如愿，最终降级来了TAMAGO HOME。

房间布局的商议一开始，丈夫就在包里翻找，然后拿出一张图纸说："麻烦了，我们希望外观布局和这个一样。"

这张图纸虽然是涂掉公司名称之后复印的，但似乎是由M HOME制作的平面图纸。也就是顾客想通过TAMAGO HOME来实现未能在M HOME完成的梦想。

但事情并非顾客考虑的那么简单。开发商不同，房屋结构

---

* **专业女性员工**：实际上，在M HOME等开发商那里，都配备了持有保育员资格的专业女性员工。

** **设计师负责的图纸设计**：图纸设计本身有专门的软件，所以并不难。但是根据建筑基准法，这个图纸实际能否建造又是另一回事了。我们销售员在图纸设计方面是外行，所以虽然可以制作出来，但最后会被设计师指出各种问题，在顾客和设计师之间来回奔波劳碌。

和建造标准也不同*。

“海部先生，根据本公司的设计方针，如果想要实现这部分，这里必须有柱子。”像这样对顾客拿出的图纸进行订正后，布局就会变得与他们的期待相差较大。海部先生也显得有些失望：“按照原图纸来行不通吗？……”

最后，关于平面图的商议持续了三个月之后，他们妥协了：实现最初的M HOME图纸70%的效果，然后开始进入施工阶段。

我们向他们保证，施工了的话就可以安心了，无论大型开发商还是低成本开发商都一样，但是海部夫妇对品牌的追求并未就此结束。

我想大家看到过，施工时覆盖在建筑物上的布上会醒目地印刷着开发商的名字。因为施工期间会一直悬在那里，所以对开发商而言有很大的宣传效果。

就在施工前夕**，海部先生对我们说：

---

* **开发商不同，房屋结构和建造标准也不同**：虽然涉及对其他公司布局平面图的完全剽窃，但价格区间和结构相近的开发商同行之间，有时候会原封不动地照搬建造。以前，我向顾客提供平面图、外观透视图以及估价单后，被对方拒绝说：“我们要选择另一家低成本开发商。”一年后，我偶然经过那位顾客的施工地附近，想看看他们家盖了栋怎样的房子，发现方案和我当时提议的一模一样，从“玄关位置”“外墙”“颜色”到所有的一切。也就是说，我提案的房子被其他公司全盘照搬地建造，有种看到自己的孩子被别人养大的感觉。

** **施工前夕**：开工时会安装建筑标牌，也就是写有“某某先生/女士的住宅新建工程”的标牌。因为最近不少顾客表示不想透露个人信息，所以很多时候写在标牌上的是名字首字母。

“不好意思，施工开始后，能否请求你们不要在我家的房子上覆盖印有‘TAMAGO HOME’的布？”

也就是说，他们觉得让附近邻居看到自家使用低成本开发商建造房屋非常丢人。让人震惊的是，身为低成本开发商员工的我就站在他跟前，他竟然也好意思说出这番话来。

译者注

1　在日本，一般使用“坪”作为土地或建筑物的面积单位，1坪约等于3.306平方米。

2　日本一般请房产开发商来建造房屋，与国内直接购买建好的商品房有所不同。

某月某日

抱紧这份工作：

成为房产销售员的理由

正如我在前面讲到的，房产行业是非常残酷的。一方面可以挣钱，但另一方面也不得不牺牲自己的时间和生活。

我为什么从事这样的工作呢？解释之前，我必须先讲述一下我的经历。

大学时期，我在东京自由之丘的一家酒吧打工。因为是一家小店，所以我干了一年的时间，就作为学生店长来打理店铺。

这间店的老板靠当时流行的“付费电话*”赚到了很大一笔收益。不知不觉之间，我也开始帮忙打理那边的工作。付费电话的信息服务费是每个月约三百万日元，其中的10%是工资报酬，所以我每个月约有三十万日元的收入。

那时，我觉得靠不义之财生活也没有什么不好，所以大学

---

* **付费电话**：被称作“two shot dial”的服务，是如今的约会网站和交友软件等工具的原型。这个系统使用NTT通信公司的线路，拨打“0990”开头的电话号码，除了收取电话费之外，还收取信息费。虽然也有赛马情报和智力问答等多种信息，但最受欢迎的当数“two shot dial”这一约会型服务。

毕业时也没认真找工作，拖拖拉拉地继续过这种生活。

但是，这样的生活没有持续很长时间。泡沫经济崩盘，涉足过房产和股票的老板的办公室里开始有债权人来讨债。老板的酒吧纷纷关门，付费电话的热潮也迎来了终结之时。那时我已经二十五岁了。

虽然当时交往的女友（现在的妻子）要求我认真找一份工作，但是社会已经进入冰河期，没人愿意雇用二十多岁的我。

就在这时，老家高中的学长问我要不要做“消费金融”。

泡沫经济崩盘后，所有的行业都降温了，唯有面向上班族的消费金融行业迅猛发展。这是因为泡沫经济崩盘导致银行放贷变得越来越严苛，而高利息、无担保且当天放贷的消费金融顺应了时势。

1996年，我作为正式员工加入公司，进公司一年后，我的奖金就突破了百万大关，经济水平大有好转*。2000年以后，我工作的公司合并了几家中型消费金融公司，进而成为美国最大的花旗银行集团的子公司。

但，美好的事情不会永远持续。

---

* **经济水平大有好转**：奖金多的时候有两百万日元，年收入超过六百五十万日元。这对于三十岁不到的人来说是很好的收入。因为那时没有孩子，开销很少，资金有富余。

21世纪初,《放贷业务法》修订*，债务人们纷纷要求“拿回多缴的利息”，对消费金融非常抵制，以此为转折点，整个消费金融行业瞬间陷入衰退期。

我所在的店铺也倒闭了，三十五岁的我不得不再次寻找工作。不幸的是，就在这个时期，我刚刚申请了三十五年还款期的三千五百万日元的住房贷款，通过S HOUSE建造了独立式住宅。

当时我的儿子在上小学二年级，女儿在上幼儿园，为了维持抚养两个孩子并支付房贷的生活，我必须有一定的年收入。我无论如何得尽快找到新工作。当时我到处参加各种职业的面试，但由于前一份工作的职业形象很差**，哪里都没录用我。

这种情况下，我在看转职网站时，自然而然地看到了“房产销售”，上面写着“无须经验，高收入”。因为我从事过不动产担保贷款等相关业务，所以想自己或许可以发挥一些技能。

虽然我一直也知道这个行业很黑，但当时的处境之下我已经没有资格说这样的话了。我下定决心，叩开了这个行业的大门。

---

* **《放贷业务法》修订**：本来，《利息限制法》规定贷款年利率为15%至20%，而“消费者金融”按照《资本认购法》的上限29.2%的利率施行借贷，这种所谓的灰色地带，因法律的修订被废除。所有的利率都被要求调整至15%至20%，而且必须将差额退还给支付利息完毕的债务者（返还多缴金额）。

** **前一份工作的职业形象很差**：当时，录用方的面试官们都对“消费金融”“高利贷”抱有偏见，认为我的前一份工作是野蛮催债的粗野行业——一直面试失败的我多少这么认为。

面试是在TAMAGO HOME的福岛营业所进行的，营业所的店长和统管四家营业所的地区经理都在，他们给我递上了名片。

经理确认我的简历时说：

“找新工作非常困难吧？现在，有不少和你一样，以前做消费金融的人过来面试了哟*。”

我感到了一种讽刺，并做好了思想准备，然而经理继续说道：

“消费金融公司倒闭后，人员都流向了房产和不动产行业。我以前也是干消费金融的，所以很了解。”

我感到了一阵强烈的亲近感。

“屋敷先生，没关系。无论前一份工作是干什么的，只要有干劲，在这个行业就可以赚钱，也能够升职。那么，你什么时候可以来上班？”

为了养家，为了维持现有的生活水平，我必须抱紧这个工作的“大腿”，我做好了这个准备。

---

* **过来面试了哟**：面试中让我留下深刻印象的是来自社员的问候。一进办公室，全体销售员都站起来向我鞠躬：“欢迎光临！”回去时，大家也深深地向我鞠躬：“非常感谢！”非常彻底周到的社员教育给我留下了很好的印象。进公司之后，我逐渐觉得这是个军队一样的公司。内外两个视角，看到的景色也随之发生了变化。

第二章

带来利润的顾客和无法带来利润的顾客

某月某日

自由设计和标准设计：

“万事取决于话术”的悲剧

这是工作日的上午来展厅的顾客。二十多岁的年轻夫妇，刚好轮到我来接待，我没抱太大期望，去停车场迎接了他们。我将这对二十多岁却非常朴素的夫妇领到样板房，请他们随意参观。

通过和他们随意地聊天，我了解到很多信息。

细川夫妇是新婚夫妇，现在住在男方的父母家。虽然他们曾考虑先租一套公寓来开启新婚生活，但在他们的目标区域内根本没有布局和大小都令人心仪的房子。他们考虑如果每月支付的房款和房租差不多，不如干脆买房，所以来了房屋展厅。仅仅通过聊天，我也能感觉到他们年轻但稳重。

丈夫在上市公司的工厂工作，妻子是护士。从金融机构的角度来看，他们就是所谓的“优良顾客*”。可以判断如果夫妇

---

* **优良顾客**：金融机构最喜欢律师、司法代书人、会计师、税务师等持有国家资格的人，以及公务员、上市公司的社员和医疗护士等。

共同申请贷款的话，审查肯定没有问题。这么一来，我的接待立即热情起来。

“如果两位认真考虑的话，我会全力以赴，从银行贷款到房屋的规格样式，一切都交给我来办。”

虽然细川夫妇是第一次来我们展厅，但他们深深地向我鞠了一躬，说：“拜托您了！”开局很快，可以说对于销售员而言，他们是最容易签约的“铁板”顾客。在这个阶段，相较于担心房贷，为顾客营造出更大的梦想是更为重要的。

于是我立即将他们带到展示实际住房设施的样板房，讲解道：“这里的一切都是标准设施，浴室、厨房、卫生间、地板材料、外墙都可以选用喜欢的。因为是自由设计，所以可以打造一个从外观到其他一切都由自己原创设计的家。”

“哇！真厉害！这么多种类，真是眼花缭乱呢！”

妻子眼前一亮，因为他们两位现在和父母一起住在四十多年房龄的旧房子里面，对于新建房屋的最新设备，无法不心动。

带领他们参观完一圈之后，我根据他们两位的年收入估算了他们能够申请到的住房贷款的最高额度，结果发现资金不够。如果只论房子本身，资金是充裕的，但他们还必须承担购买土地的费用。

不过，我有秘招。有一种可以向这些资金有限的顾客销售的土地，那就是“复兴支援活动”的分割住宅土地*。如果是这样的土地，五六百万日元的价格就可以购买到七十坪。

事不宜迟。当天，我立即趁热打铁地直接带他们参观了那里的土地。

“房子可以等你们，但土地是先到先得，只要定下土地，后面可以再慢慢商议房子的问题。”

这样解释后，他们当场就提交了购买土地的申请**。在满怀梦想的两位年轻人身上，没有“踌躇”和“犹豫”这两个词。他们似乎对我的接待也很满意，高兴地说：“有屋敷先生这样经验丰富的销售，真好。”看来我一早就赢得了他们的信赖。

一旦确定了土地的购买价格，从计划贷款金额中减去这项费用，就能确定可用于房屋建造的金额了。但是，由于他们的首付定金是零，所以要“自由设计”就变得比较困难。

住宅总体可以分为两种：可以自由定制布局和外观的“自由设计”和按既定样式建造成品住宅的“标准设计”。

既然标准设计是既定样式的成品住宅，与之相比，所有方

---

* **“复兴支援活动”的分割住宅土地**：“3 · 11大地震”之后，在作为地震受灾地的福岛县，大型承包商以复兴支援为目的，出售非常便宜的土地。

** **当场就提交了购买土地的申请**：能够顺利进行到这个阶段的顾客非常少。大多数人都难以做出决定，或者是对介绍的土地不满意。之前有一对夫妇拿着防灾地图寻找土地，他们防灾意识很强，认为“这里不行，那里也危险”，看了好多都定不下来。虽然后来找到了安全防灾的土地，但最终还是因为“这里的价格有点……”的理由而没有购买。

面都有自由度的自由设计成本更高。从细川夫妇的资金计划来看，标准设计比较可行。

但是，有一个问题。之前我一再强调“原创”和“自由设计”，事到如今很难再说出“现在从资金来看，自由设计比较困难，可以采用标准设计吗”这样的话来。标准设计不仅仅在布局和外观上没有自由度，而且设备的档次也会下降*，和自由设计相比，可谓相形见绌**。

但是，万事取决于话术。

“细川先生，我计算了一下资金，恐怕当初我提议的自由设计的产品有些困难。当然如果贷款额度能增加的话，仍然是可以的。但就我个人而言，我不想太勉强你们***。”

细川夫妇看起来有些着急。为了消除他们的不安，我继续说道：“实际上，除了自由设计之外，还有标准设计。虽然标准设计的平面布局是固定的，但汲取了自由设计的精华之处。如果选用这个方案的话，可以在控制成本的前提下建成房子。”

刚才在样板房里眼睛发亮的妻子遗憾地说：“但是，就不是

---

* **设备的档次也会下降**：标准设计的厨房是和租赁公寓差不多的样式，浴室也不配备浴室干燥机等。如果是自由设计，外墙、地板材料等都有数十种样式可供选择。与之相反，标准设计只有两到三种选择，对我们这一方来说会相对轻松一些。

** **相形见绌**：因为标准设计大多是提供给资金有限的人，所以我们有时会揶揄这是“贫穷特别限定款”。

*** **不想太勉强你们**：实际上，借贷金额是有上限的，即不能超过年收入水平。不过，万事取决于话术。

自由设计了吧。”

“虽说是标准设计，但开发商没有理由将不受欢迎的平面布局标准化，标准设计都是基于迄今为止广受好评的布局设计和外观来考量后，最终诞生的最优设计，而且价格也比较低，无疑性价比很高。”

妻子露出恍然大悟的表情，看似多少可以接受。我继续说道：

“其实从每天都在制作平面图的我看来，大家最终的房屋布局都是一样的。一直以来，每一家的用水房间（浴室、厨房、洗漱间）都设在阳光照射不到的北侧或者西侧，客厅和卧室一定是在光照好的南侧或者东侧。而且虽说是标准设计，相邻的地方不可能再建造一模一样的住宅。所以从外人看来，就是自由设计。”

我自然而然说出的这番解释，全盘推翻了当初强烈推荐的自由设计*。所谓销售，就是一种因果不断的买卖。后来，也因为这番解释，我陷入了困境。

贷款的讨论和审批都进展得非常顺利，我们也顺利地签约了。

---

* **自由设计**：虽然也有一些顾客要求独特的设计，但如果是开发商的基准之外的样式，每一个附加选项都需要增加额外成本，因而价格昂贵。所以，想要建造个性住宅的人，相较于与开发商合作，选择设计办公室或者当地的建筑公司自由度会更高。

签约后，因为是标准住宅，所以房屋布局都是固定的，再加上商议的次数也比较少，我们迅速且顺利地进展到施工阶段，这对于销售员而言是一个理想的进程。

就在细川先生的房屋开工日确定之时，我收到了同事田村先生的来电。

“屋敷先生，您之前给那对年轻夫妇介绍的分割住宅土地，还有剩余的吧？”

销售员之间，这种情报共享也很重要。

“是的，那块土地的隔壁以及后面的北侧都还有剩余的土地。”

我这么回答后，当天傍晚，我再次接到了田村先生的电话。

“屋敷先生，你帮我大忙了。我们选择了你告诉我的那块地。因为是资金比较紧张的顾客，如果没有那块地，估计就签不了约了。”

合同敲定，是令人欣喜的消息。

数日之后，我在办公室遇见田村先生与那位顾客正在商议。因为施工地相邻，我有些好奇，路过的时候窥探了一眼会议桌上的图纸。

我发现，他的提案和我给顾客的提案几乎一模一样。

他们商议一结束，我立即奔向田村先生。

“田村先生，糟糕了！这个房子，和我即将开工的顾客的一模一样！”我诉说道。

“资金紧张的顾客只能在那样的土地上建那样的房子嘛，相邻的工地，多多关照哦。”他若无其事地说道。

的确，我们给资金紧张的顾客提案的都是同样的内容，我没有阻止这份提案的权力。我只能竭尽全力地拜托他：“至少房子外观的颜色不要一样。”

虽然我顾客的工地要早一些开工，但隔壁工地的施工也很顺利，所以几乎是同时完工。两栋并排的房子，只有颜色不同，模样完全相同*，就像是新建待售的成品住宅，不，简直到了可能被误认为租赁住宅的程度。细川夫妇看了会怎么想啊？光是想想，我的脊背都一阵发凉。

竣工后，交房之前，会有业主现场验房环节。检查当天，我战战兢兢地按照约定时间去了工地现场。除了年轻的夫妇，丈夫的父母也在场。或许是心虚愧疚，我总感觉这一家人都露出了狐疑的表情。

做好心理准备的我向对方父母打了招呼，细川先生的母亲说：

“为什么隔壁建了一模一样的房子？我之前听我儿子说这是

---

* **模样完全相同**：休息日，我穿着便服去购物中心，和一位同辈男子擦肩而过，我俩的上衣和下装都一模一样。当时我感到了尴尬和难以形容的厌恶感。在路上擦肩而过只是一瞬间。如果是房子，却是一辈子，这是衣服所不能比拟的。

定制房屋来着。”

从表情看，全家人都有同样的想法。

在这种不愉快的氛围中，我领着他们进了室内，在我讲解室内设施的使用方法时，妻子问道：“嗯？厨房是这个样子的吗？”然后，对方父母又说道：“窗子不是多层玻璃*的吗？这几年还从没在新建房屋中见过单层玻璃呢。”明显情绪很低落的样子。

“是的，就是这个。”“是的，正如您所看到的样子。”——我只能支支吾吾地回答着。

的确，展厅里的厨房是豪华人造大理石台面，而标准设计的厨房是老式的银色不锈钢台面。虽然我们口头说明过厨房的设施，但顾客往往只会对样板房的豪华画面留下印象。这次，顾客在参观之前就已经充满不信任感，之后只会越来越强烈。不满一旦产生，就会接二连三地出现。

“这里的墙纸稍微有点皱。”“窗框上有螺丝的痕迹。”“地板上有污垢。”……

本应该是愉快的业主验房，却演变成了地狱般的景象：四处寻找瑕疵的父母和目瞪口呆地望着两栋相同的并排住宅的年轻夫妇。当初第一次见面时将我视作神一般崇拜的细川夫妇，

---

* **多层玻璃**：这种玻璃可以将干燥空气和氩气等封存在两片玻璃之间。因此，夏天可以阻挡热空气，冬天可以阻挡寒冷空气。现在住宅的主流选择是多层玻璃。

此时看我的眼神就像是在看诈骗犯。

这一天过后，细川夫妇就不再联系我了。

交房之后，作为售后服务的“点检*”，通常是销售负责人和售后服务的负责人一同前往，但我无颜再见他们，所以让售后服务的负责人独自一人去了。

售后服务的负责人点检完之后回来说：

“他们狠狠抱怨了屋敷先生一通，而且问你今天为什么没有来。”

我不想再听下去了……被眼前的订单所蒙蔽的销售员，就有了这样惨痛的经历。

---

* **点检**：有六个月点检和十二个月点检。现在的住宅都导入了“二十四小时换气系统”。某房屋的“六个月点检”中，在点检换气系统时发现“吸气”和“排气”装反了。这个是由转包的电气施工单位施工的，经过确认，我们发现刚好这半年是由新员工进行施工。果然，其他房屋也都装反了。只是业主们已经入住半年，不可能再对他们说“吸气和排气装反了”，因此最后全都是打着“过滤网点检”的幌子偷偷摸摸地修复。顾客中也没有人发现换气系统没有正常运行。

某月某日

金钱的味道：

辨别顾客的方法

并非所有来展厅的人都能成为顾客。有已经决定好别家公司的，也有原本就不打算买房的，还有即使想买但是没有钱的，以及申请不到贷款的。

所以，我们房产销售员对“金钱的味道”很敏感。

每天与访客们接触，会逐渐能够根据某个人的穿着和言谈举止等判断出大概。但是，偶尔也会有判断失误的时候。

那么就让大家看一看，某周日来展厅的三组顾客，来展厅时给我的印象和最后的结果吧。

第一组

一大早，一位七十岁农民模样的大爷骑着哐啷作响的生锈自行车来到了展厅。看他的样子，便有种“要落空”的预感，幸好，没轮到我接待他，我松了口气。同事比留间先生不情不愿地出去迎接了他，都没怎么询问顾客信息*，十分钟不到就回来了。

“不行！不行！他好像住在附近，但不是自己盖房，而是儿子要盖房子，他来做个参考。而且他儿子似乎住在别的县，签约似乎没什么希望。我带他随便看看之后，就让他回去了。”

第二组

接下来，一对四十多岁的夫妇带着上小学的儿子驾驶新款宝马5系的旅行车到来。负责接待他们的销售员下岛先生开启认真模式，他冲着我竖起大拇指，一副“怎么样，不错吧？”的得意表情。他跑到汽车旁，带领顾客参观了一个多小时的样板房才回来。

“是非常有讲究的顾客。家庭成员都各抒己见地表达想做那个，想做这个**，看来要花一大笔钱呢。太太的名牌包和丈夫的手表看起来也很贵，似乎很有钱，已经定好下次的预约了。”下岛先生心情大悦地说。

---

* **询问顾客信息**：作为房产销售员，让顾客说话比自己说话重要得多。即使来展厅的人本人没钱，但他的家人可能会出钱。有时候听到顾客的年收入后会很失望，但是仔细询问后得知他不申请住房贷款，自己承担全部资金。总而言之，认真地交流沟通以掌握顾客的情报信息非常重要。

** **想做那个，想做这个**：申请住房贷款的顾客更容易提出“想做那个，想做这个”的请求，而全额使用自筹资金建房的顾客因为手头资金是固定有限的，对于预算普遍比较严苛。

第三组

终于轮到我来接待顾客了。有两辆汽车同时抵达。当我去停车场迎接时，发现他们是同一户人家。这是有爷爷奶奶、爸爸妈妈和三个孩子，一共七口人的大家庭。想到他们可能在考虑“双户住宅”*，我的期待值一下高涨了。这对四十多岁的夫妇有些粗鲁，丈夫穿运动服配凉鞋，妻子一头棕色的头发，没有化妆。

一次性接待这么多人相当辛苦。孩子们在样板房里跑来跑去，爷爷奶奶在看和式房间，丈夫和妻子在客厅。这种情况下，弄清楚这个家庭里谁拥有决策权非常关键。我先试探着和爷爷奶奶说话，他们回答“都交给年轻人”，于是我便转向客厅。

“户主是在考虑双户住宅吗？孩子们的房间需要一人一间吧？”

我试图从各个角度试探，但对方总是回避打岔。为了让气氛热烈些，我毫不气馁地继续找话题聊，丈夫便开始焦躁不安起来。

“那个，从刚才开始，你一直叫户主、户主，我不是这一家的男主人！”

妻子走到我们中间说：“那个，我们不是夫妻，只是现在暂

---

* **双户住宅**：一般考虑双户住宅的顾客，多多少少会得到父母的经济支持，从没听说过年轻夫妇支付全部费用后让没钱的父母来同住的情况。

时住在一起。”

也就是说，他只是同居的“丈夫”，三个孩子都是妻子带来的。这样的顾客，说实话，相当难办*。

“但是，我们考虑将来盖一栋新房子哟。”妻子给出积极的回应。

对于这种爽快风格的妻子，坦率明确地提出问题会比较好。

“如果盖房子的话，你们要申请住房贷款吗？”

“这不是当然的吗？我父母没有钱，我们每天生活也紧巴巴的，只能贷款。”

虽然他们贷款的意愿很强烈，但年收入多少和能够借贷到的金额是个问题。

“顾客，关于贷款的偿还金额，每个月多少钱比较理想呢？”

“多少好呢？……一般都说每月的还款金额应该和支付的房租费用差不多，所以我想最低也可以还那么多。”

“顺便问一下，你们现在的房租大概是多少呢？”

“一万五千日元。”

听到这个令人震惊的答案，我感到一片茫然。问过才得知，

---

* **相当难办**：如果家庭成员构成比较复杂，大多时候都无法做出“买房”的决断。另外，这两位的具体情况，询问信息也完全得不到想要知道的回答，只能靠气氛来判断。

他们现在住在建筑年龄已有五十年的市营住宅里[1]，一个月还款一万五千日元的话，哪怕是贷款三千万日元，大概也要还上一百六十六年之久……

接下来，让我们看看这三组顾客的后续如何。

第一组（骑破旧自行车的农家风大爷）

负责大爷的销售员比留间先生斗志全无，没有积极地回应这位顾客。

但是，数周之后，我们接到其他同行公司的熟人的电话。

“在我们这儿签约的顾客，似乎不久前也去了TAMAGO HOME哟。”

房产销售员的情报网可以拓展到同行其他公司，大家即刻共享各种顾客的信息*。

据熟人说，这位大爷貌似是住在展厅附近的大地主，正考虑将住在外县的儿子叫回身边，盖一座双户住宅。他已经在我们熟人所在的公司签订了五千万日元级别的合同，而且资金全

---

* **即刻共享各种顾客的信息**：顾客经常说“我们没有在看别家公司”，但我们经常从认识的其他公司的销售人员那里收到这样的信息：“昨天去TAMAGO HOME的顾客来我们这了哟。”而一流开发商的顾客预算不够时，在那里工作的熟人也会说：“如果是TAMAGO HOME的话，或许能做到预算之内，我认识一位很好的销售员屋敷先生，您可以去找他。”他们经常会这样将顾客介绍到我们这儿。当这些顾客在我们这里签约后，我们也会支付那位熟人介绍费，这样就构建了一种双赢关系。

部是自筹的。

真正有钱的人，反而不会摆出有钱的样子。之后，我们偶尔会在营业所附近看到这位开着轻型卡车的大爷。或许正因为过着这样朴素的生活，才能存下钱吧。

第二组（开宝马的英姿飒爽的时髦一家）

据这一家的销售负责人下岛先生说，这家人第二周又一次来到展厅，进行为申请银行贷款做准备的问询会。

申请贷款时，必须申告“既有借贷”*，以确认在这个时间点有多少金额的欠款。如果存在“既有借贷”，将从可以贷款的上限金额中扣除这部分金额。

下岛先生问询后得知，那辆宝马5系旅行车的车贷才刚开始偿还，此外还有妻子的汽车贷款，夫妇俩一共有六张信用卡，每一张都刷爆了。

自行申报时就有这么多借贷，这样的人一定会有申报遗漏，恐怕还有很多债务。如果目前就已经有这么多“既有借贷”，想要签约的话，只能让他们使用自有资金。

下岛先生抱着最后的期望询问他们的自有资金数额时，他

---

* **既有借贷**：相较于没有欠款的人，负债累累的人往往生活水平更高，这是我做消费金融相关工作时学到的。身负多项债务的人，反而会开着丰田阿尔法德这样的大车四处兜风，戴着高级手表。

们回答“希望全额贷款”。最终得出的结论是：以建造房子为前提的话，如果不减少“既有借贷”，是无法申请贷款的*。

第三组

结果显而易见。通常，接待完顾客后，销售员同事们会交换信息。听完这位顾客的故事，我的师傅菊池先生哈哈大笑地说：

“一万五千日元这个也实在太困难了吧。虽然有‘房屋35’**这种住房贷款，但可从来没听说过什么‘房屋150’。”

所有房产销售员都很难主动说出“不可能”三个字来拒绝顾客。所以这种情况下，最理想的状态就是让他们“自行消失”。我对这几位顾客说了“如果有什么情况，请联系我”这般敷衍搪塞的话后，便请他们回去了。他们或许是察觉到了我的

---

* **是无法申请贷款的**：向银行递交贷款审查之前，销售员会进行模拟审查，看顾客是否可以通过申请。这是为了避免原本就不符合条件的顾客强行申请贷款而导致双方浪费时间。现在只要在某些软件上输入收入、既有借贷、期望贷款金额和期望还款金额，就能立即得到可以贷款或者不可以贷款的判定结果。如果模棱两可，我们会尝试提交贷款申请。但如果顾客明显不可能通过审查的话，我们会不失礼貌地告知顾客情况，并选择拒绝。

** **“房屋35”**：这是住房金融支援机构推出的一款长期固定利率的住房贷款。“房屋35”这个名字的意思是贷款最长可以贷三十五年，而且利率没有波动，是平稳固定的。

反应，此后再无音信*。

* **再无音信：**如果对顾客做出这样的回应，一般顾客都不会再联络我们。不过，极少数情况下，之后仍会收到“想在贵公司建造房子”这样认真的联系。那时候，就要用更冷淡的回应来让他们“自行消失”。

译者注

1　日本的市营住宅一般是由政府建造并管理，只有低收入家庭才可以租赁，所以租金比较便宜。

某月某日

没有经验也可以：

天上掉馅儿饼

因“为钱所困”被立即录用的井之上先生迎来了进公司的第一天。

早上，我到办公室时，井之上先生已经在公司员工专用的停车场了。他比所有前辈们都早到公司，这一点令人佩服。

我一到停车场，井之上先生便向我跑来。

啪嗒、啪嗒、啪嗒、啪嗒。

他还是穿着面试时的那双鞋。虽然知道他经济上非常窘迫，但我真的希望哪怕他不穿新鞋，至少也先用胶水将鞋修补好之后再来。

“我叫井之上，从今天起我将加入公司。请多多关照！”

我回应了向我深深鞠躬的井之上先生，便用钥匙打开办公室的门，带他进去。

8点30分过后，猫泽店长和其他员工也都到齐，便到了早会的时间。猫泽店长将井之上先生叫到前面，向大家介绍道：

“这位是今天开始加入公司的井之上先生。可以和大家打声招呼吗？”

“早上好。我是今天开始加入公司的井之上。今年四十五岁，之前在BIG BOY家庭餐厅担任店长。虽然我没有房产行业的从业经验，但我会努力的，请大家多多关照。”

虽然他的声音过于高亢，但是充满活力，给人留下很好的印象。不过，意料之中的，猫泽店长对BIG BOY这个词做出了回应。

“井之上先生，虽然身形小，却是个BIG BOY。拜托大家了。教育负责人姑且就拜托年龄相近的屋敷先生了。另外，虽然你刚进公司，我也不想一早就批评你，但是，井之上，这双鞋子你稍微处理一下吧。我们是负责价值数千万日元商品的销售员。去买一双没有声音的鞋子吧，哪怕便宜的也可以。”

如此一来，没经过任何事先商量，我突然就被任命为井之上先生的教育负责人。说实话，负责教育没有任何房产知识的员工相当麻烦。但是，这也是工作的一部分，我只能做好心理建设。

我作为教育负责人和井之上先生接触，再加上年龄相近，我们逐渐开始交流工作以外的私人话题。井之上先生结过两次婚，第一任妻子是在小酒馆里认识的中国人，现在的太太是韩国人，颇为国际化。接着我得知他三年前刚申请贷款盖了新房子，所以必须得赚钱。

因为有服务业的从业经验，所以他勉强可以进行样板房的引导和接待。但是其他的工作，如制作估价单和图纸，签约后办理住房贷款的手续，与不动产公司进行土地买卖结算以及主持破土典礼*和房屋交接等一系列流程，要掌握起来就没那么简单了。尤其人到了四十五岁，学习新知识需要花费很多时间。

虽说花时间慢慢地去记那些知识也可以，但我们TAMAGO HOME不允许员工有这种想法。只有自己率先吸取知识，边学习边提高销售业绩，才是这里的生存之道。

不过，在实际指导中，我发现井之上先生存在两个大问题。

第一个问题是，或许由于长时间担任饮食店的店长，他不太适应被人指示和命令，自尊心很强。第三个问题就是“对这份工作不感兴趣”。

猫泽店长一如既往，一有机会就消遣井之上先生。

“YouTube（全球最大的视频分享平台）上热议的那个小矮

---

* **破土典礼**：这是在房屋开始施工之前，邀请神主，在即将建造房子的土地正中央举行祈愿安全的仪式。破土典礼的祭坛要备齐“海之幸”（带头的鲷鱼和海带、裙带菜等）、“山之幸”（水果等）、“野之幸”（蔬菜等）。虽然不同地区可能存在差异，但我们请神主帮忙准备这些供品需要支付三万日元。如果我们自己准备供品，一般市场价格为两万日元。邀请哪一家神社的神主是销售员的自由，所以我一直是拜托K神社的神主。可能是作为破土典礼这份工作委托的回礼，他们会反过来招待我去高级居酒屋和菲律宾酒吧。

人[1]，真不可思议。真有那样的东西吗？是妖精？幽灵？还是井之上你呀？”

对于猫泽店长而言，这只是一如平常的玩笑话，但井之上的僵硬笑脸却在抽搐。销售员在这种时候可以用玩笑回击，但什么都不说的话就会很尴尬。感到不妙的我接话道：

“店长，只有心灵美丽的人才能看到小矮人，所以，就算小矮人是真的，店长也是看不到的哟。”

我强行结束了这个话题。井之上先生从来没被人这样对待过，他的自尊心肯定受到了伤害。

自尊心的问题，只能由他去适应这个环境。但“对这份工作不感兴趣”这一点却没办法。也就是说，因为不感兴趣，他没有积极主动地去学习，因而学得很差。而且，至今没怎么接触过电脑的井之上先生，别说Word文档和Excel表格了，连Windows系统都不懂。

就连电脑操作也是。“屋敷先生，这个该怎么做来着？”上午刚刚教过的地方，下午他再一次问我，即使是有耐心的我也忍不住语气变得严厉：“这个，刚刚讲过了吧！”

猫泽店长最终也忍不住飙出严厉的话：

“你！真的在BIG BOY当过店长吗？不是履历作假*吧？其实你之前一直都只是个烤汉堡的吧？”

自然而然，同事们看他的目光也越来越严厉。

后来，入职公司半年多了，井之上先生依然没有一个订单。说直白些，他慢慢地成为累赘员工，但是这种状况反而对井之上先生起了作用。

因为猫泽店长要对整个营业所的业绩负责，因此只要是井之上先生的顾客，他一定会陪同在侧，帮助进行顾客商议。有时候因为猫泽店长对顾客悉心周到的接待，就能成功地走到签约这一步。

这样的情况持续数月，井之上先生在营业所内的业绩也稳步提升。

因为拿到了不错的佣金，所以井之上先生的收入也增加了，他的身形和打扮也随之慢慢好了起来。

最终，井之上先生的手腕上戴着高级手表，脚上穿着奢侈品牌的高级皮鞋。不知不觉，那个啪嗒啪嗒的声音再也听不到了。

---

* **履历作假**：实际上过去有很多履历作假的社员。有社员进公司时称自己过去是配送可口可乐的，几个月之后，又有一名曾经负责可口可乐配送的社员进了公司。后面进来的那位同事提起先进公司的人说：“这个人以前从没有见过。”追问之下，之前的人又说自己是SANGARIA的配送员。还是有一些毫无意义的虚荣心作祟的人。

译者注

1　这是日本的一个都市传说，2009年前后，有多名目击者称，看到中年男子模样的小矮人。此事在网上引发热议，一时间，关于这个小矮人的真实身份，众说纷纭。

某月某日

车检过期：

大叔们的短跑

周六、周日和其他节假日是住宅展厅最赚钱的时候。

TAMAGO HOME 非常重视“热情接待”，顾客的车子一开进来，我们就要立即跑到停车场迎接，公司的规定是要为顾客的车导航*。

“可以——停！可以——停！”将顾客的车导航到停车场后，顾客一下车，我们便深深地鞠躬，问候道：“欢迎光临！”

正如我在前文中介绍的，在住宅展厅等候的销售员原则上是按照事先决定好的顺序来接待顾客，轮到自己的时候，再去接待顾客。但如果外出的销售员比较多，或是同事忙于接待别的顾客，人手不够的时候，就变成“先到者先得”。

---

* **为顾客的车导航**：这是 TAMAGO HOME 的热情接待之道。顾客来店时，将他们的车辆引导至停车点，离店时，为顾客导航到道路上。当道路拥堵时，则需要上路引导，并拦住后续出来的车辆，以保证前面的车辆可以顺畅通行。但是，因为没有加油站店员那样的技巧，所以销售员经常会误判顾客的发车时机，从而导致被后面的车辆按喇叭，所以交通引导也需要必要的技巧。

今天实行的是“先到者先得”制度。第一辆车抵达了。一大早就来住宅展厅的顾客往往比较认真。但不能因此就立即飞奔过去。如果迎来的是糟糕恶劣的顾客，销售员就被剥夺了宝贵的时间。

所以，为了避免遇到“落空顾客”，销售员起跑之前，必须确认好顾客的汽车型号和他们家人的仪态等顾客属性。

车开进来了，是较新的普锐斯，车上是约莫四十多岁的夫妇，感觉上是比较认真的顾客群体。

不过我有上午之前必须完成的提案资料，所以只能舍弃上午的顾客。虽然遗憾，也只能羡慕地在一旁看着。

这时，两位已判断好顾客属性的销售员从营业所跑了出去：五十五岁的下岛先生和五十九岁的德田先生在起跑阶段几乎旗鼓相当，但是出大厅的瞬间，下岛先生跌倒了。他那单手拿着名片，倒地不起的中老年人形象实在是悲惨。

下午，我总算整理好了提交的资料，也做好了备战准备。那天下午外出的销售员和正在开会的销售员很多，可以接待顾客的只有我和营业所最年轻的横山君。营业所唯一的二十多岁的横山君慈悲深厚地看着我，对上午因为忙于资料而没有接待顾客的我，谦让地说：“您先来。”

开进停车场的是一辆颇有些年头的轻型汽车，里面满满当当地挤着全家五口人，是夫妇俩和三个孩子。我立即开始评估“他们买不买房子”。眼前的顾客并没有买房的可能性。

而且我没看漏的一点是：顾客的车子“车检过期”了。讨论买房与否之前，他们已经先违反了法律。横山君透过办公室的玻璃窗注视着我这边，不知道是不是我的错觉，他刚刚看上去慈悲深厚的眼神如今像是在嘲笑*我一般。

前文中我已经说过，提成工资体系**中的提成分别在“开工时、上梁时、竣工时”这三个时间点发放。此外，签订合同的次月也会收到一定比例的款项。

我们家的生计就是靠这些提成维持的。下个月除了孩子的学费，还有我和妻子两辆车的车检费这些大额支出在等着我。所以我这个月无论如何也要签下合同，必须拿到下个月的十万日元提成。现在不是接待“落空顾客”的时候。

即使如此，既然顾客来了，就不能不带领他们参观样板房。我将顾客脱在玄关的鞋子排列整齐——这家除了妻子之外的所有人都是光脚配凉鞋。孩子们一齐冲进卧室，在床上砰砰地四处蹦跳。夫妇俩打开装饰用的空冰箱查看，然后打开餐具柜查

---

* **嘲笑**：所有销售员都是竞争对手，所以遇到“落空顾客”，中途就失去签约希望的时候，其他人虽然表面上一本正经，但实则内心暗自欢喜。

** **提成工资体系**：我刚进公司时，签约成功的次月会发放十万日元，然后从总提成扣除这十万日元后的金额会分别于“开工时、上梁时、竣工时”发放。数年后，签约次月不再发放提成，只在“开工时、上梁时、竣工时”这三个时间点发放。

看，他们没有购买房屋的打算，将样板房当成游乐园*来玩耍。

在他们中间，我最担心的是最小的男孩子。他流着鼻涕，而且是在如今这个时代不太见得到的，蓝色或绿色的，非常黏稠的鼻涕。他以这种状态到处奔跑，我没理由不担心，因为接待顾客之后的清理也是销售员的工作。

这家人极尽所能地闹腾，然后若无其事地开着车检过期的车子回去了。

总算没有鼻涕滴落下来，我松了一口气，开始后续的清理。我将凌乱的床单整理好，将扔得乱七八糟的装饰用的书和毛绒玩具放回原位，这也是工作之一。

在整理的过程中，我总觉得有种奇怪的味道。寻找气味的来源后，发现在二楼的卫生间。他们竟然在样板房的卫生间里小便后回家了。当然，样板房的卫生间是装饰用的，没有通水，那个小子，不，那些孩子想冲洗也没有办法。

我慌忙返回办公室，用铁桶打满了水，用抹布将马桶里的小便吸出来，在铁桶里清洗，再次用抹布吸……将没有通水的马桶恢复得干净如初，真是相当辛苦的劳动。

---

* **游乐园**：样板房的沙发和桌子都是高级家具，厨房也是高级别的样式，墙壁上挂着高品位的画，营造出时髦的氛围。高于日常住宅的样板房会有效地令人们情绪高涨。样板房是顾客“梦的入口”，比拙劣的销售员的解说更能令人留下深刻的印象。猫泽店长将在样板房里招待顾客的行为称为“神秘体验”，比如：“怎么样？给顾客神秘体验了吗？”无法否认，样板房的确有这方面的作用。

某月某日

冲动消费：

“回过神来”之前

决定“今天就买房”的来住宅展厅的顾客并不太多。大多数人是抱着“去看看房子”的模糊想法来展厅的。

一直有“买房是冲动消费”的说法。让没打算当天就买房的人当天买房，这是房产销售员的工作。

像TAMAGO HOME这样的低成本房屋开发商，其原则就是将前来展厅的顾客在当月“收割”。

听我这么说，你或许会想“一生一次的重大购物，不可能那么轻易地决定”，但现实并非如此。

人的“购买意愿”是波动起伏的。

顾客来到住宅展厅这个“梦之国”，会体验到新建住宅的魅力。在这里，销售员为他们展示心仪的布局设计和设施，将朦胧的梦涂上“具体的颜色”，顾客这时的购买意愿便到达了顶峰。反过来，距离第一次来住宅展厅的时间过得越久，顾客的购买意愿即签约率也会变得越低。

相较于申请住房贷款带来的不安，拥有自己的家的梦想更胜一筹——当顾客处于这种心理状态时，就要抓紧时机完成住房贷款的事前审查*，推动商谈进程，这正是房产销售员展现销售本领的时候。

如果错失这个时机，顾客的购买意愿会持续下降。或许更准确的说法是他们会“回过神来”。所以，“对于来展厅的顾客，当月内就要拿下订单”，这一说法是有道理的。

不过，顾客要是当月29日（2月除外）来店，离月末就只有一两天的时间了。然而房产销售员对于这种踩着月末时间点来的顾客，也是抱着月内拿下订单的决心**来接待的。

今天已经是迫在眉睫的29日，我必须想办法在本月搞定顾客麻生先生。不过问题在于，麻生先生的性格非常细致。虽然如此，但赢得所有顾客的信赖并签订合同是房产销售员的职责。

我将顾客坐的会议桌清洁得一尘不染，也准备好了用洗涤

---

* **事前审查**：事前审查会查看信用信息来确认顾客是否为“黑的”。假如是“黑的”（过去有未缴和迟缴等金融事故的人），就不能申请贷款。虽说是“事前”，但在这个阶段能够判断出大概。只有已经通过事前审查的人才能申请之后的“正式审查”（根据金融机关的不同，会有些许不同）。

** **抱着月内拿下订单的决心**：这几乎适用于整个房产行业，只是低成本开发商的这种倾向更明显。实际上，房产公司的数据显示：最终签约的客人中有八成是来展厅半年至一年后才签约。但销售员不肯放弃月内签约的这种决心，就是房产行业依然将买房视为冲动消费的原因。

剂清洗得洁白无瑕的咖啡杯。

在约定好的下午1点，麻生夫妇准点到达。我麻利地将他们领到会议桌前，他们点好饮品后，我恭恭敬敬地端出咖啡，然后立刻开始了商议。

这时，最重要的是要扮演得像客人一样吹毛求疵，这能让麻生先生产生安心感，进而让他对销售员产生信赖。这时我发现了出示的估价单里的一处错误。

“啊，这里写错了三日元，怎么会把这里弄错了呢？”

我皱起眉头，去设计师那儿问责抱怨。

这是我事先准备好的一场表演，是为了展示“连这么细微的地方都认真检查了”的今日精彩表演。麻生先生说：“你这人相当细致呀。”被细致的客人说“细致”，是最高的赞美。我向他大致进行了说明后，又介绍了本月签约的特别优惠，便顺利地在当月内签约了。

想让只见了寥寥几面的客人签订数千万日元的合同，良好的公司信誉*自不必说，但没有顾客对相关销售员的信赖，也是无法实现的。

---

* **公司信誉**：网络发达的现代社会，网络上的评价有着重要的影响。知名度高的开发商多多少少会被写一些负面评价。麻烦的是，相较于正面情报，人们更容易对负面情报留下深刻的印象。顾客中也有人刨根问底地追问无根无据的网络谣言。但是，如今的时代，网上的诽谤中伤很有可能是来自同行其他公司的为难，而好的评价可以花钱购买。对于网上的情报，我们应该仅仅用来作为参考。

销售员的人性是无关紧要的事。关键在于在客人眼里，销售员是否足以值得信赖。从这层意义上来说，房产销售员在客人面前必须一直扮演理想人设的“一流欺诈师”。

某月某日

围猎：

超短时间收尾

和麻生先生敲定合约时，同事小仓先生在邻桌正准备进行一个“超短时间收尾*”。所谓超短时间收尾就是：让昨天第一次来展厅的客人今天确定签约意向，明天签约，仅花费三天就搞定签约的这种穷追不舍的“恐怖”计划。

小仓先生拥有二十年的房产销售经验，戴着眼镜，留着三七分发型，外表看上去很像公务员或者银行职员。他是业绩经常名列前茅的销售能手。

顾客来了，在会议桌前坐下，小仓先生通过闲聊活跃气氛。融洽的氛围让人很难相信这只是他们的第二次见面。然后，谈话顺利进行到房屋布局和估价的环节，一番说明结束了。

风格沉稳的小仓先生突然话锋一转，面色严肃地开口说道：

“顾客，实际上有件事情，我犹豫要不要在今天的商议里和

---

* **收尾**：指顾客确认签约意向后，定好签约日和定金交款日。

您说……”

这种装腔作势的说话方式，让顾客不禁身体前倾。

“只是作为假设，请问如果是这个价格和房屋样式，您是否有可能考虑选择本公司呢？”

“因为这个价格在预算以内，所以我们当然会优先考虑TAMAGO HOME。”

小仓先生一边像是下定决心一般说“我明白了”，一边用双手拍了一下桌子。

“有件事说与不说，完全取决于您所表达的意向。现在我就如实地和您说吧。您昨天是第一次光临本店，对吧？然后今天是第二次。我内心深处原本是打算和您慢慢建立关系，在我本人获取您的信任之后，再聊签约的事情。”

顾客也在非常认真地倾听小仓先生的话。小仓先生稍稍压低了语气，继续说：“只是，因为您说选择本公司的可能性比较大，所以，直接这么说虽然很失礼，但月末来店的顾客所剩的时间的确不多；虽然全部事情还没有聊清楚，但是，实际上这个月是特别活动月，作为优惠，将赠送本月签约的顾客二楼卫生间以及洗碗机。不过，毕竟顾客您和我们才仅仅商议了两次而已，所以我一直在犹豫，和您聊这个月签约的事情会不会很失礼。”

顾客内心有些动摇，说："的确是很有吸引力*，但这个月已经只剩几天了。"

"是啊，您所言极是。只是，如果您下个月或下下个月才能签约的话，那就只有一个办法了。"

"什么办法？"客人问。

"办法就是先签订临时合同，之后等确定好房屋布局和最终价格之后再签订正式合同。以签订临时合同的形式获取本月特别活动的权益，然后慢慢地进行房屋布局的商议也是可以的。"

"如果签了这份临时合同，就可以获赠二楼卫生间和洗碗机吗？"

"因为是特殊情况，仅靠我个人的意见有点难办，我现在立即去找店长确认。"

小仓先生离开座位几分钟后，再次回到客人的会议桌前。

"顾客，总算获得许可了。不过，只有一点，说是条件的话可能有些冒昧了，应该说我有一个请求：签订临时合同之后，房屋布局的商议至少一周一次。还有，因为这是特例，所以请您不要告诉别人。"

客人虽然也明白这些道理，但看起来对最终价格有些担心。

---

* **很有吸引力**：小仓先生收尾前的总结发言使用了大量激发顾客购买意愿的关键词。但这种话术只有在销售员具备强大的接待顾客的能力时，才十分有用。假如是经验尚浅的销售员说同样的内容，可能并不会打动顾客。这就是销售的困难之处。

于是，小仓先生总结道：

“虽然是决定好布局图纸之后才知道最终价格，但根据我的经验，恐怕您需要四十坪左右的房子才能比较放心，所以只要签订正式合同时也是四十坪左右，就算要更改布局，价格也不会变化*。如果增添了自选项目，价格则会上涨。不过，本来属于自选项目的二楼卫生间和洗碗机是活动附赠的，所以这部分价格会从中扣除。万一我们最终没能达成共识，不签订正式合同也没有问题。说到底，这只是一份为了提前拿到活动权益的临时合同而已。”

小仓先生的这番话有三个重点：

一、原本其他顾客无法实现的事情却获得了店长的许可，这让顾客有“特别感”。

二、以“签订临时合同后每周一次的商议”这一条件来进行“围猎”。按这个流程每周商议的话，只要没有特殊情况，顾

---

* **就算要更改布局，价格也不会变化**：房产开发商一般按照“坪单价”来设定价格。如果一坪定五十万日元，四十坪就是两千万日元，这个坪单价包含了所有设备材料和工人的工钱等。但是如果追加标准样式之外的自选项目，则会产生额外费用。与之相反，各地的建筑公司没有标准样式的概念，所以没有坪单价，而是根据每一个样式，具体计算后进行估价。

客是不会再去其他公司打听查看*的。

三、“最终价格没有达成一致的话，不签订正式合同也没有问题”，这让顾客有“安心感”。

即使不签订正式合同，只要再继续进行一个多月的商议，并充分讨论布局设计和资金，就几乎不会有推翻合同的顾客**。

这对顾客夫妇对小仓先生的解释非常认可，第二天便签了临时合同，完全被成功“围猎”。

其实压根儿就不存在什么“临时合同”和“正式合同”，严格地说，小仓所说的“临时合同”是“施工承包合同”，“正式合同”是“施工变更合同”。顾客正常签订合同，若之后内容较最初的合同有所变动时，再签订变更合同，只不过是这么一回事。

实际上，这个二楼卫生间和洗碗机也是这半年间对所有顾客都适用的赠送服务***，并且之后也会继续实施。也就是说，普

---

* **不会再去其他公司打听查看**：购买过房屋的顾客应该都知道，关于购买房屋的商议也需要花费相当大的精力。如果在一家开发商认真商议，将近半天的时间都会被困住，通常不会再有多余的精力去别家公司打听情况。

** **几乎不会有推翻合同的顾客**：只要商议还在继续，顾客十有八九会有追加需求，价格会以比最初计划贵上百万日元的幅度增加，这样一来，相比最初的临时合同贵了多少根本不会成为讨论的话题。

*** **对所有顾客都适用的赠送服务**：这是由销售员自行裁断，并不公开披露的赠送服务。

通服务不知不觉间被说成了特别服务。

决定签约的顾客回家时，按规定，所有销售员都要出动，去停车场送行。于是，包括我在内的全体工作人员都在停车场集合。

客人上车时，小仓先生跑到他们面前，在他们耳边悄悄私语：

“请不要将这次的事情告诉熟人或其他顾客。我也有我的难处，拜托了！”

他一脸严肃真诚的表情非常逼真，这份工作，蹩脚演员是无法胜任的。

某月某日

偿还房贷：

我严峻的金钱状况

豪华的住宅里，一家人其乐融融地坐在餐桌旁。电视上放着广告："回家就回某某HOUSE。""我喜欢'我回来了'和'我出门了'中间的这段时间。"就这样，很多人前来购买以家为名的"梦想"。

但是，无论是购买梦想还是维系梦想，都需要金钱。我就曾在加入TAMAGO HOME之前不久，申请了三十五年偿还期限的三千五百万日元贷款，如今还在还贷。

我是仍受昭和时代（1926—1989）价值观影响的一代，抱有的想法是："普通"的人生就是到了一定年龄就结婚、生子、买房。

购买梦想固然很好，但是到了四十多岁时，孩子们就到了上专门学校或大学的年龄，又需要学费。而且，生活在小地方的夫妇都必须各自有车，即使是过"普通"的生活，抚养一家四口人，每个月也需要花费三十五万到四十万日元。

但现实情况是，我的月工资总额是二十二万日元，到手十八万日元左右，加上佣金提成，才总算够维持家计。

不过，佣金不是固定的，有时有，有时没有。而且每次的金额也不一样，特别是这两个月都没有佣金入账。实际上就算连续拿下订单，没有佣金也是可能会发生的情况。

正如我之前解释过的，佣金分别在“开工时、上梁时、竣工时”发放。所以，根据施工安排*，偶尔会有既无开工，也没有上梁和竣工的某个月出现，这样一来佣金收入就是零。销售业绩有波动，所以这也是没有办法的事。不用说，如果持续几个月只有固定工资收入，生活会变得难以为继。

我申请贷款是在做前一份工作的时候，当时一年发两次奖金，我自然而然地在申请贷款时选择了奖金合算**。然而，现在的工作虽然根据业绩来发放佣金，却基本没有奖金***。

即使如此，每到还款设定的奖金月时，除了七万八千日元的每月偿还金额之外，还要加上二十五万日元的奖金支付，也

---

* **施工安排**：特别是刚刚发生“3 · 11大地震”之后，即使签订了合同，但是承包商不足导致工程一直无法开工，便出现了没有佣金收入的空白期。反之，由于施工安排，也会有两三个工程同时进行，佣金一起入账的时候。

** **奖金合算**：奖金减少或取消是常有的事，将这么不确定的收入纳入三十五年的长期贷款之中，本身就是错误的。因为有如此苦痛的失败经历，所以我绝不让顾客在申请贷款时使用奖金合算。

*** **没有奖金**：TAMAGO HOME根据业绩来支付奖金。我拿到过两三次奖金。业绩最好的时候，最高金额是二十万日元。奖金是根据营业所的业绩来核定的，和个人的业绩没有关系。如果营业所的业绩不好，就几乎领不到奖金。

就是一共必须支付三十二万八千日元。

特别是像这个月这样，我的月收入（佣金）很少的时候，妻子就要在扣款日的前一天把钱从账户里取出来。这是为了确保生活费而使用的无奈之计。

这样一来，扣款当天，就会收到因为账户余额不足而导致“扣款失败”的消息。住房贷款如果滞纳了一个月，银行职员就会来公司。

原本房产销售员和银行就有着密切的关系。对于银行而言，开发商就是住房贷款预备军的宝库。所以银行职员会定期前来拜访开发商，放置一些最新的利率资讯和事前审查的申请书，这是他们获取顾客的营业活动。

银行职员大多是月初来营业所，通常模式是一个月一次。但是，我滞纳住房贷款的这个月就并非如此了。

我正在办公室工作，同事对我说：“屋敷先生，M银行的人来找你了。”

不但点名找我，还同时来了两位职员：一位是经常来我们展厅的负责人，他身旁则是我个人住房贷款的负责人。

“最近怎么样？很忙吗？有迫切需要申请住房贷款的顾客吗？”

两位完全没有提及我住房贷款滞纳*的事情。最近金融机关的规定比较严格，所以在这种场合不会指出个人滞纳住房贷款的问题。虽然他们一直笑容满面地说“如果有顾客想申请贷款，恳请介绍给我们”，但也将“不用说你也明白”的气氛传达给了我。

他们的最终目的并不是督促我，而是确认我仍在公司工作，并给我“银行随时在看着你哟”的无形压力。我以前也从事过催收债务**的工作，所以很懂他们的想法。

在这种状况下，我只能提醒自己在私生活上要节约到底。

即使如此，因为房产销售员要销售数千万日元的商品，所以至少得重视穿着打扮，我发现自己穿了很多年的正装衬衫有磨损，就和妻子商量一次性购买几件。

“为什么在钱这么紧张的时候，你还能若无其事地提出这种要求？你难道不就是因为这样不会看眼色，才找不到客人的吗？”

妻子在讽刺我这个月没有佣金提成。

---

* **住房贷款滞纳**：这是我第二次滞纳住房贷款，第一次单纯是余额不足，所以后面立即转账了。而这次是真的钱不够，距离还款日已经过去一周了。我非常能理解银行职员想要来查看情况的想法。

** **催收债务**：我以前从事消费金融工作时，行为约束没有现在严格。虽然每天拨打催收电话的次数和时间段也有规定，但当时不但会向工作单位打催促电话，还会去家里讨债。打开玄关的门，发现人从后门逃跑了——这种漫画般的场景，我都实际经历过。

虽然如此，她其实还是很在意我的。几天后的休息日，她递给我一张打折店的传单："这个上面有广告。"

"一次性清仓大甩卖！正装衬衫一件五百日元！"

看来这季只能靠这个熬过去了。

我握着妻子给的两千日元，开车去了稍远的打折店。一到店里，就发现来了很多客人，是相当热闹的盛况*。我去了正装衬衫柜台，购买了想要的五百日元一件的衬衫。

我把衬衫拿在手上一看，不是通常五百日元的货色，花了油费来买是值得的。

回家途中，道路很空旷，买到便宜好物的高涨情绪令我无意识地大力踩下油门，加速行驶。

就在这时，后面突然传来警笛声。是一辆警用白摩托。

我被带到马路边，因为超速需要缴纳一万八千日元的罚金。为购买五百日元的衬衫而来，却破费了一万八千日元。"捡了芝麻丢了西瓜"说的就是我吧。

---

* **相当热闹的盛况**：也许身在其中的我说这话有些奇怪，但是蜂拥而上的顾客群体都是冲着五百日元一件的衬衫而来的。低成本的商品吸引低资金的顾客。这一点，或许衬衫和房屋住宅都是相同的道理。

某月某日

时间静止的房间：

爱女活着的证明

2012年夏天，那是一个普通的工作日*，几乎所有的销售员都外出了。碰巧由我出门迎接福田一家。

我打算带他们参观样板房，妻子和小女儿却一直坐在车上，只有丈夫和大女儿下了车。

虽然我对于全家人不一起参观感到奇怪，但也只是猜测“或许他们不是真心想要买房吧”，而我还是一如往常地正常接待。

但是，他们并非“不真心”。丈夫表情认真地边听我讲解边记笔记，还提出了几个关于房子设计样式的问题。

结束了样板房的参观之后，我将两位顾客领到会议桌前，这时福田先生回到车里，将妻子和小女儿也带了过来。小女儿只有五岁左右，牵着妈妈的手，迈着蹒跚不稳的步伐走了过来。

---

* **普通的工作日**：普通工作日，前来住宅展厅的客人很少。但也有真心真意想来咨询的顾客会特意避开人多而杂的周末在这时过来，所以成功签约的情况也很多。

他问道："可以让我女儿在儿童区玩耍吗？""当然，这里请。"我为他们带了路。住宅展厅的一个角落设置了儿童区，通常放置着绘本、游戏、玩具等。这是为了让带孩子的家庭在商议的时候，不让孩子感到无聊而设置的空间。

这位叫"凛"的小姑娘可爱地向我打招呼："你好。"然后，她就和妈妈一起在儿童区玩耍起来。

商议后，我得知福田先生是父辈经营的面包店的第二代社长，他希望全额贷款购买住宅。

"如果使用住房贷款的话，您能否有时间和我们商议呢？"

福田先生看似担心地询问道。

必须向诸位读者解释"如果使用住房贷款的话"这句话的含义。

2012年是"3 · 11大地震"的第二年，福岛县正处于建筑热潮的高峰期。不管选择哪家开发商，等待一年才能开工都很正常，这是一个超级卖方市场。

此外，买家中有很多核电站事故相关的疏散人员使用东京电力的赔偿金*在该地区建造新房。因为他们有现金，所以不使用住房贷款。这种情况下，相较于费时费力的贷款顾客，房

* **东京电力的赔偿金**：获得赔偿金的顾客资金充足，很多签的都是五千万日元级别的合同。在此之前，一般情况下，我们营业所将申请两千万日元住房贷款的客人都视作有力顾客。但是大地震之后，大家都"飘"了。

产商更倾向于优待现金顾客*。

在这个时期的福岛县，如果需要申请贷款，而且还是个体营业者，被苛待也不足为怪**。或许，福田先生就是在其他公司碰壁后才来我们这里的。

“这是哪里的话。”

我这么回答后，福田先生露出了释然的表情。但是，如果吐露真实心声，“真是麻烦”才是我的真实想法。

福田先生似乎因为我的话而感到安心，告诉了我一件事。

“其实我小女儿的脑里长了肿瘤，所剩时间不多了。如果可以的话，我想趁女儿还活着的时候让她住进新家。”

我看到小凛正在儿童区和她妈妈一起玩耍，动作里满是开心快乐。作为同样拥有女儿的父亲，福田先生的话让我感到一阵心碎。虽说如此，我也无法轻易允诺。

“我想您也知道，现在福岛的住宅建设非常火爆，一般签订合同后等待一年才能开工。恐怕很难满足您所说的何时之前竣工的愿望。”

---

* **优待现金顾客**：实际上，这个时期TAMAGO HOME也下达了“优先现金顾客”的指示。选择“做就做，不做就拉倒”这一极端的销售方式，此后也持续了好几年。

** **被苛待也不足为怪**：这一时期，不仅TAMAGO HOME，任何开发商都是优先现金顾客。同时，因为住房贷款需求减少，银行职员们哀声连连。当时，经常有银行职员询问我“有需要申请住房贷款的顾客吗？”。

“这样啊。”福田先生有些沮丧。

福田一家四口又逛了一圈样板房之后便回家了。如果不是建筑热潮这种状况就好了……我满怀着这样遗憾的心情，注视着他们离去的身影。

一周后，福田先生独自一人来到营业所。

“上次之后，我又考虑了很多，但如今，所有的开发商都是同样的状况，要等待也是没办法的事情。能否进一步往下商议呢？”

“我们也会努力提早工期，只是无法保证还需要多久。”

我强调了这一宗旨后，福田家的新建房屋计划启动了。

签订过《施工承包合同》*的顾客，要按顺序施工。

我和福田先生一家的商议定在每周三下午，自此，一系列的商议开始了。

每次福田先生都会向我展示他自己绘制的图纸，并告诉我一些详细的要求。小凛的房间设计得格外用心，他要求将房屋入口处的顶壁做成弧形，窗户做成圆窗等，都是一般家庭不会

---

* **《施工承包合同》**：顾客和开发商的合同。从开发商的角度来看，只有签订合同并支付定金之后，才是真正意义上的“顾客”。所以，只是来展厅商议过房屋布局的顾客是无法被纳入施工计划的。也有顾客希望签约之前进行几次房屋图纸的商议，但如果过于频繁，我们会告诉对方“签署《施工承包合同》之后，再进行后面的商议”。

做的样式*。如果能原样呈现他的需求当然很好，但现在的耐震基准和公司的设计基准都是规定好的，所以虽说是自由设计，也不能完完全全如他所愿。我一边辛苦应对不太熟悉的布局样式，一边反复修改设计图。

我们花了三个半月的时间，终于确定好了图纸，接下来就是商议房间的地板材料、墙纸花纹以及灯具的选择。至此，我们已经进行了二十多次商议。

某次商议时，刚在会议桌旁坐下，小凛就有些坐立不安。

妈妈看着小凛的脸。

“小凛呀，你不是有东西要送给屋敷先生吗？”

小凛有些害羞地笑着，从口袋里拿出折成四分之一的纸递给我，是用蜡笔手绘的“凛之家”，是小凛画的家。

“小凛，谢谢你。”我收下了画。如果是往常，她会立即去儿童区，但这天她却一直让妈妈抱在怀里。

房间的墙纸不是标准品的白色，而是让小凛从面包超人和迪士尼等动漫角色的墙纸里挑选。我发现即使在选墙纸时，小凛也没有什么精神。

---

* **一般家庭不会做的样式**：和建筑公司不一样，开发商是让顾客从大量选项中挑选风格。不属于标准品范围的商品和特殊材料样式没有价格表，所以必须委托相关从业者出具估价单。如果有数十处，那就需要提交数十张估价单委托书。单单处理这些就是一天的工作量。

同时，我们也进行了住房贷款的申请手续办理。11月，贷款的事情顺利落实了。

到了12月最终商议时，小凛和福田太太却不见踪影。

“小凛的身体状态开始恶化，下周要住院。”

已经没有时间了。

所有的商议结束后，后面就是等待开工，并且只能按顺序等待。

然而，我负责的其他客人的开工日期都比当初计划的要晚。虽然原计划是等待一年，却一拖再拖，拖至一年半，两年。

“距离开工还需要再等待一年半左右。”

我再次说明并强调了情况。

“我知道你们已经尽力了，所以没关系。”

从福田先生的表情来看，他现在也许已经意识到赶不上小凛尚在人世的时间了。与此相比，他更想通过建好这个家，来留存爱女曾活在这个世界上的印记。

我内心一阵苦闷，说不出任何话来。

12月的一个星期五，这天是营业所内部每周一次的例行工程会议。

这个会议将决定即将开工的工地的日程，确认即将竣工的工地。所有的销售员都因为开工延迟而被顾客不断地批评。所以，大家都主张优先自己的顾客*。

这一天，销售员同事们乱成一团地吵嚷着：“我的顾客已经等到极限了！”“不行，再不将我这边顾客的房子纳入下个月的开工日程，就麻烦了！”

一般在这个时候对于开工顺序不太发表意见的我，这次毫不谦让。

“我想大家都知道，福田先生的家里有特殊情况，所以能不能优先让他家开工呢？”

我一说完，其他销售员就答道：

“不行，我这里的可是现金顾客。早点开工的话，顾客后面还可能会针对房屋外观（简易车库和栅栏）等追加施工呢。**”

在其他销售员面前从未感情用事的我，唯有这次拼尽了全力：

“我知道大家也有很多想说的。只是这一次，我想拜托大家。恳请大家协力！”

说完，我深深地鞠了一躬。这时，平时总将“钱、钱、钱”挂在嘴边的猫泽店长说：

---

* **优先自己的顾客**：这里有两个原因，一是不想让自己的顾客继续等待，不想因此被投诉，另一个原因是开工时会发放佣金。

** **追加施工**：随着住房商议的次数增加，顾客的需求也会随之增加，经常有顾客在最初合同的基础上产生追加金额，这叫作追加施工。尽量获取追加施工，也是销售员展现手段的地方。

"好吧，我明白了。各位，这次就让给屋敷先生吧，就这么决定了！"

猫泽店长这句一反常态的话将事情解决了。

定于2013年1月开工，在这个特殊时期可谓异常地早，这是店长定夺后的特别照顾。

各方面都非常细致讲究的福田先生每天都会来工地，甚至连插座位置的高度都会亲自检查，有时会向我们提出变更委托。从打好地基到竣工的这段时期，他连续拍摄了几十张、几百张照片。

2013年4月，我的手机响了，当看到来电显示"福田先生"的名字时，我预感到了他要说什么。

"小凛，今天早晨，去世了。"

数日后，我参加了葬礼*。殡仪馆的屏幕上滚动播放着他们全家旅行时的照片、小凛在公园玩耍时的照片，还有她在住宅展厅的儿童区玩耍时的照片。我不曾在意的那个小小的空间，或许对于小凛而言，是开心而特别的地方。

---

* **参加了葬礼**：就是在这时，我不禁思考自己对待工作的方式。福田先生一家为了无可替代的女儿，认真地出席每一次商议。我究竟有没有真心且竭尽全力地接待他们呢？小凛去世之前，我还有没有什么可以努力赶得上时间的方法呢？一想到如果做了应该做的事情，或许还能来得及，悔意就在我的脑海中来回不停地翻滚。

房屋仍在有条不紊地建造着，失去主人的小凛的房间也按计划竣工了。

2013年5月，竣工的交房日，我和福田先生一家三口一起对厨房、浴室和各个卧室进行了最终确认。

爬上二楼的楼梯，小凛的房间里放着她生前非常喜欢的面包超人的玩具。

第三章

在黑色产业中忧愁的我

某月某日

销售会议：

黑色企业的内部情况

今天是每月一度的营业所内部销售会议，这个会议会暴露TAMAGO HOME的黑幕。

参加会议的有店长和所有销售员，今天，总公司的高管以及牛田总经理也将参加。

“今天的会议真令人烦躁啊。会议结束后，高管们能不能赶紧给我回去啊。”

早晨，猫泽店长在吸烟区*发着牢骚。

早晨8点，总公司的车子到了。猫泽店长从营业所飞奔出去，风一般地奔向停车场，摩拳擦掌地迎接高管们的到来。

总公司的高管和牛田总经理占据了会议室的上座，然后是店长，再然后是我们这些销售员。

---

* **吸烟区**：设置在营业所的外面，是吸烟者们的聚集地，也是社员们偷懒的场所。我和关系甚好的菊池先生会在这里有一搭没一搭地闲聊。对我而言，这里是公司里唯一能放松的地方。

猫泽店长汇报了本月的营业所销售额、今后的预期，以及到月末为止的目标销售额。汇报结束后，总公司的高管开口了：

“猫泽店长，这个月的业绩我了解了，但是，上个月和上上个月都没能完成目标金额吧？究竟是什么原因造成的呢？”

一说完，牛田总经理紧跟着也施压道：“猫泽店长，这是怎么一回事？！”

“原因有几个……嗯，我们为初次到访的顾客服务时，没有彻底落实下一次的到访预约……嗯，还有就是，提案资料的质量也存在问题……”

店长开始语无伦次，牛田总经理又继续追问：“为什么知道原因，还不改正？！”

“不是的，关于预约要落实这点，我每次都和销售员们反复强调……”

他目光灼灼地盯着我们营业所的员工说：“我一直都和你们这么说的吧！”此时成为牺牲品的，是最年轻的销售员横山君。

“横山！我说过提案资料在展示给客人之前，一定要让我看的吧！要讲几次才能明白？”

关注着这一幕的领导点着头、袖手旁观着。

我知道，即使横山君将提案资料拿到猫泽店长那里，店长也只是边摆弄手机边说：“好的，反正每次做的都是同样的东西。”完全不会加以确认。

会议以销售员的本月目标业绩宣言收尾。

第一个是田村先生。

“大家辛苦了！我本月的目标是完成一单四千万日元的合同，一定做到！”

在营业所，销售员一个月能拿下一单合同就算比较好的了。我的业绩是上上个月一单，上个月零单，这个月的合同数目前还是零，但现场气氛之下只能说大话，轮到我了。

“我这个月的目标是两单，五千万日元！一定做到！”

反正就是说说而已，姑且先这么大声说出来*吧。

牛田总经理命令猫泽店长将今天的会议内容和营业所的本月目标业绩总结好，傍晚之前提交。会议一如往常算是顺利地结束了。

会议结束，历经一难的营业所的氛围轻松了不少。此时突然来了一位新客人。刚好在入口旁的下岛先生接待了他，他带领顾客参观完样板房之后，将顾客领到了会议桌前。

这位貌似是在TAMAGO HOME建过房子的顾客介绍来的**。

“我听中曾根先生说这里建的房子非常好，所以才来的。实

---

* **姑且先这么大声说出来**：不仅在房产行业，各行的营业所都经常出现这样的场景。总之大家普遍最喜欢的就是“干劲”“耐心”“热情”以及“大声”“宣言”。

** **介绍来的**：由曾经在TAMAGO HOME建过房子的顾客介绍来展厅的新顾客签约成功的话，我们将会给介绍人十万日元的介绍费。

际看了以后，觉得房子的确很好，大概的价格我也了解过了。”

这不就是超出想象的“超级热情顾客”吗？下岛先生因为这意想不到的幸运而面色发红。

“没必要再继续看了，我就是定了你们公司才来的。”

听到这番话，店长也竖起了耳朵，并不失时机地走近会议桌，低姿态地递出名片，说：“我是店长猫泽。”

这天傍晚，猫泽店长按照指示完成了总结会议内容的资料，用邮件发送给了牛田总经理之后，又立即给总经理打了电话。

“感谢您百忙之中出席今天的会议。我已经将会议的摘要和本月目标业绩用邮件提交给您了，请您确认。”

关于销售员的培训指导和营业所的运营问题，猫泽店长和牛田总经理继续在电话中交流着。

“还有，总经理，有件重要的事情没有向您汇报。刚刚会议结束以后，来了一位新顾客，非常难缠，多亏销售员辛苦作战，还有我在一旁陪同，总算成功签下合同了。”

喂喂！那是非常难缠的顾客吗？员工辛苦作战？分明是谁都能拿下的合同，是顾客火急火燎地主动上门的吧——估计所有销售员心里都是这么吐槽的。

某月某日

已经到了极限：

辞职员工的怨言

10月的某天，到了正常的上班时间，井之上先生还没现身。接近中午时间他依然没来上班，猫泽店长便试着给他打电话，却一直无人接听。

到了下午，大约是看到了店长的来电记录，井之上先生给我的手机打来了电话。

“屋敷先生，我已经无法在这家公司工作了，我已经到极限了。”

我看过很多这样辞职的员工，完全能够理解。

因为猫泽店长的帮助，业绩一直保持在营业所前列的井之上先生，一直遭受着其他销售员的冷眼对待。

“那个家伙什么都不做，单单坐在店长旁边就能拿下合同，也太轻松了吧。”

我也听到过其他销售员在背后说他坏话。自然而然地，井之上先生在公司内部被孤立了。

此外，虽然到拿下合同为止全交给店长负责就可以，但是一旦开始施工，店长便不再关照*了。例如有一次，因为对工程管理不太熟悉，比井之上先生自己小十岁的工地主管对他动了怒。

“井之上先生，顾客问你施工进度的时候，能不能不要再讲这种不负责任的话了？那会给我造成麻烦！不懂的话就问我**！你工作的时候头脑清楚点！”

然而，井之上先生也有自己的怨言。

“进公司时，负责面试的人曾说过‘会有系统培训，即使没有经验也不用担心’。但是，除了屋敷先生，并没有任何人教过我什么……”

公司的招聘广告中写着“无须经验”，但实际上进来之后，没有任何人会来教你，这是中途转职经常遇见的情况。特别是在这个行业，每个人都是竞争对手，就更是如此。

社内人际关系的压力和来自顾客的压力是不一样的，而且恐怕更难处理。进公司一年半，井之上先生的精神状态被逼入了死胡同。

“井之上先生，我了解情况了。但是店长也想找你谈一谈，

---

* **不再关照**：店长担负职责的是合同数量，而签订合同后办理贷款手续以及开工等环节都是销售负责人的工作。

** **不懂的话就问我**：这是所有公司里能干的员工常说的台词。但是，对于不能干的员工而言，他们甚至都不知道该问什么问题。

所以姑且还是来公司露个脸吧。”

被我说服后，井之上先生于傍晚时分到达公司。我作为他的教育负责人，和猫泽店长同席。

“井之上，已经坚持不下去了吗？哎，不单单是我，周围的人也在不停地唠叨你，是吧？虽然很辛苦，但这就是工作啊。好不容易也能存到钱了不是吗？如今不是应该再加把劲的时候吗？”

猫泽店长像是安慰一般地说道。

“不，我觉得自己已经到极限了。我也明白自己不适合这份工作。对我而言，这份工作太难了。”

井之上先生果断地回绝了劝说。他的决心似乎已经无法动摇。

“不过，你说工作很难，你努力工作了吗？学习住宅相关的知识了吗？你有为了不被周围人吐槽，而努力争气，拿出干劲吗？！”

猫泽店长一反常态，激动地这样说。但井之上先生的回答没有改变。

“不，我已经决定好了。”

看着眼前对自己的话无动于衷的井之上先生，猫泽店长开始焦躁。

“你辞了这份工作，接下来做什么*呢？你这个性子，去哪里都是一样吧？！辞了这份工作后要继续烤一辈子汉堡吗？还是加入维也纳少年合唱团？”

连辞职的时候还被这么训斥，我强烈地同情井之上先生。

* **接下来做什么**：其实，我至今都和井之上先生保持着联系。辞职之后，井之上先生又做了几份工作，现在在福岛第一核电站当保安。

某月某日

投诉者：

从早到晚，整年无休

虽然现在已经趋于稳定，但是在“3·11大地震”之后的数年内，福岛县的所有房产开发商都处于建筑泡沫*之中。的确，建筑行业非常景气，经常有人对我说“这个很赚钱吧”之类的话，但与之相应的是被迫的艰苦劳动。

这个时期，开发商都抱持“能拿多少就拿多少”的态度，签了很多合同。每位销售员都负责十组以上的顾客，从商议到签订合同，从开工到竣工的所有事务都得亲力亲为，超出寻常地忙。

尤其给人压力的是，公司给每个人配发了手机。顾客有事的话，不是给公司打电话，而是直接给销售负责人打电话，所以接电话也是业务的一环。虽说是为要事准备的，但其实大多

---

* **建筑泡沫**：公布震灾措施后，向政府提交的房屋建筑确认申请的数量是前一年的五倍以上。材料成本飞涨，人手长期不足。当时，建筑用的预拌混凝土的价格是正常时期的五至十倍，而且，由于施工地点靠近核电站附近，还必须支付工匠“危险补贴”，所以费用很高。

电话内容都是投诉。

投诉最多的是工期延迟。

地震刚发生后，福岛县掀起了建筑热潮，施工方和工匠一直处于人手不足的状态，工程无法如期推进。一项工程推迟，后面的数十项工程也就多米诺式地延迟。这导致开工时间会比合同所定的时间迟半年，严重时甚至迟一年、两年。

想尽快入住新家的顾客，首先将压力的矛头指向销售员。

早晨9点，早会中，我设定成振动模式*的手机开始振动。我离开了座位，按下接听键。

“哈、哈**，承蒙照顾，哈、哈。”

这里的秘诀是：气喘吁吁，营造出一种正在施工现场工作的气氛。发出“哈、哈”的声音，正打算投诉的顾客一瞬间也会流露出“你现在还好吧”这样些许的关心态度。

“总是说这周、这周，究竟什么时候才开始施工？最初的施工日程表这不都成了谎言吗？！”

“哈、哈”没起什么作用，结果是突如其来的一顿痛骂。这

---

* **振动模式**：手机的振动功能真是不可思议，即使没动的时候，也会令人产生一种被震颤的恐怖感支配、囚禁的错觉。我经常以为“又来电话了”，将手伸进胸口口袋，却发现其实什么都没有，这几乎成了职业病。

** **哈、哈**：这个小把戏并不是对所有顾客都能行得通。也有顾客说：“你一接电话，就总是上气不接下气，哈、哈个不停啊。”所以发出“哈、哈”的声音时，也必须先观察顾客。

样的电话持续了一整天。

因为一整天都不得不处理好几通*这样的电话**，我接电话的手因为恐惧而颤抖。

其中还有每天必打投诉电话的顾客。每天晚上7点以后，我都会接到晚酌中的森先生打来的电话。

不过，森先生一直打投诉电话也是有缘由的。

森先生签订合同时，是由营业所的前任店长犬丸先生负责的。森先生计划建造一栋双户人家住宅，在一楼和二楼各设置一组浴室、厨房、卫生间，当时他拿着其他公司和TAMAGO HOME的报价单进行了比价。

如果是两整套用水设施，价格是相当昂贵的。犬丸店长太想拿下订单，所以承诺“二楼的浴室、厨房、卫生间和洗面台全部赠送”。

当然，犬丸店长许下的承诺并非完全不着边际。

---

* **处理好几通**：我这样虽然不情不愿，但还会接电话的人算是比较好的。不少销售员即使一直盯着手机屏幕看，也完全不接投诉电话。同事下岛先生对打来的电话都置之不理，直至对方挂断。然后，他会尽量在顾客不太可能接电话的时间段回拨电话，又立即挂断。这样一来就留下了“我认真回电话了哦”的记录，他使用的就是如此敷衍的手段。

** **这样的电话**：我曾经和离职了的同事聊过。大家普遍表示，辞职后最轻松的事就是“不再使用公司配发的手机”。顾客打来的电话对于房产销售员而言压力就是如此之大。

当时，福岛营业所计划拆除三栋样板房中的两栋，再新建一栋。店长原本打算偷偷将拆除的样板房中的用水设施拆卸下来后赠送给森先生。

但是，之后由于总公司的安排，样板房的拆除工作延期了。不知犬丸店长是不是因为这件事深感忧愁，后面就不再来上班，就这样直接离开了公司。

谁都不可能愿意负责这样像是埋下的地雷的森先生*。

然而，牛田总经理直接命令我负责**森先生。

而且总经理还说："告诉对方，无法满足当初犬丸店长承诺他的附赠服务。"我奉命要去做这样不合情理的业务。说时容易做时难，上司的命令永远是这样的。

我不甘不愿地前去森先生的临时住处拜访。

和我初次见面的森先生是身高一米八以上的大块头，从胸口处可以瞥见他的文身。偏偏这种时候碰到这样的顾客，实在是不走运。

进行了关于工作交接的寒暄问候之后，我刚打算进入正题，森先生就主动发问：

---

* **像是埋下的地雷的森先生**：虽然也考虑过能否让他解约，但由于森先生之前的住宅已经拆迁，他租赁了附近的公寓作为临时住所，除了重建住宅，已经别无选择。

** **直接命令我负责**：刚被点名负责时，我也不能接受，给总经理打电话询问"为什么是我"，牛田总经理的回答则是"过去，你和犬丸店长的关系最好吧！"。

“换负责人没有问题，但是我和店长约定好的事没问题吧？”

我只能下定决心。

“非常抱歉……那件事恐怕变得有些困难。”

森先生的反应如我所料，不，比我预想的还要愤怒，可以明显看出他的脸越来越红。

“开什么玩笑！这和店长不在了没有关系吧！我是和你们公司约定好之后签的合同！”

森先生说得自然在理。而且森先生拿出了备份的商议记录簿，上面有店长的签名。

“看看这个！‘变得有些困难’可不行。你要是觉得难，那就找你的上司商量！我绝对不会让步！”

那一天，我被一通怒骂，回到办公室后就向牛田总经理做了汇报。

“……这样啊，那只能向总公司提交申请书了。不过，你也要尽可能地继续说服他。”

总经理的口头禅是“不好的报告，要尽早上报”，但他对于这个过于糟糕的报告，似乎感到非常困扰。

此后便是我地狱般的生活。一到晚上7点多，我就会接到森先生打来的电话。

“怎么样了？事情有进展了吗？上司说了什么？你怎么和上

司解释的？原本这件事，店长是……”

不知道他是不是边说着话边喝醉了，电话的后半段他开始口齿不清，表达了一个小时想法后，他挂断了电话。

无计可施的TAMAGO HOME总公司也在拖延这件事。这期间，我每天都要被迫听一个小时同样的话。

就在森先生的房子即将于一个月之后开工的时候，总公司总算出手解决，特例执行*了附赠服务的承诺。因为金额过高，似乎是作为社长特批案来处理的。

企业这种地方，规模越大，沟通就越糟糕。员工向上司汇报困难，他的上司向总公司汇报也很困难，然后总公司的人再向社长汇报也很困难。

我忽然间瞥了一眼桌上放着的印有社长语录的日历。

“人才比木材更重要。”

在今天这个日子，社长语录令我倍感焦躁。

---

* **特例执行**：虽然特例解决了附赠服务，但是森先生的母亲在新居建成之前，在临时居所去世了。森先生说道：“因为是漏风寒冷的临时居所，所以我妈的身体状况变得很糟糕，如果新房早一点完工的话，我妈就不会死了。”对于老年人而言，环境的变化对身体的影响很大，这一点无可辩解。

书名　　　　　　　　　　　　　　　作者

我的评分　　　　　　　　　　　　　阅读日期

☆☆☆☆☆

最爱金句

我的书评

UNREAD

画下本书封面吧！

某月某日

“洗礼”：
毫不掩饰敌意的新人教育

房产行业的人员流动性很大。与大型的老牌开发商不一样，中等规模以下的开发商的员工几乎都是中途转职的，我们TAMAGO HOME当然也不例外。在这个频繁有人加入又有人辞职的职场*，压根儿就不指望新员工可以持续工作。所以，不管是四十岁的还是五十岁的员工，都会被毫不留情地压榨利用到底。

井之上先生刚辞职，今天已经有一位中途转职的新员工加入公司了。米谷先生虽说是新人，但已经五十一岁了，据说是从大公司D HOUSE跳槽过来的。

同事河口先生充满敌意地说：

“在大公司舒服惯了的人，在我们这儿待不久吧。”

---

* **这个频繁有人加入又有人辞职的职场**：如果是普通的公司，加入公司时会有欢迎会，辞职时会举办送别会。但在这里不会，因为人员流动性太大，可能每个月都得开欢迎会。当总公司的保险证送过来时，“他本人已经辞职不在了”之类的事情经常发生。

河口先生四十五岁，有新人加入时，他总会先摆出一副前辈姿态。因为新员工会成为竞争对手，所以他完全没有一点培养新人的意识。如果对方是大开发商出来的新人，他更是拿出一副“不能被小看”的架势任意差遣对方，新加入的员工不堪忍受。

米谷先生出勤的第一天，河口先生就以“年长前辈”的做派盛气凌人地发号施令。

“米谷先生，先将这里的气球全部充气，然后给样板房周围除草也拜托你了。之后还有很多事，气球充完了告诉我一声。”

进行新人“指导”的河口先生精神满满。

米谷先生充了三十多个气球后，告诉河口先生“我弄好了”。

去进行确认的河口先生说道：“哪呢哪呢？”当初我进公司时也是这种场景的受害者，所以我大体可以觉察出河口先生后面的言行举动。

“啊！大小都不一样呀。不考虑协调性就充气，外观就不漂亮，对吧？不好意思，能不能重做？”

他这么一说，米谷先生便将充好的气球又一个个地放气。

气球吹完，米谷先生又被使唤去给样板房周围除草，即便在这时，他也继续被为难着：“米谷先生，不仅要除去地面上的草，草的根部也必须拔掉哦。”米谷先生非常困惑：明明自己是作为房产销售员加入公司的，却被要求掌握吹气球和除草的技能。

下午，河口先生的“指导”继续。

“米谷先生，对于来展厅的家庭而言，最重要的是他们的孩子。要以孩子为契机来招揽父母。所以，穿上这个，站在路上，去吸引带孩子的家庭吧！”

说着，他将熊形玩偶服递给米谷先生。不过，因为衣服用得太旧，熊的白底已经变成了黄色，看到这身又脏又破的玩偶服，孩子们难道不会逃走吗?

米谷先生套着脏脏的玩偶服*站在展厅入口的道路侧面，向往来的车辆挥手。这时，河口先生又进行了“指导”:

“米谷先生，小幅度的动作不行，动作要更夸张一些！”

进公司数天之后的午休，一起在吸烟区时，米谷先生向我抱怨道:

“屋敷先生，这边所有事情都让销售员做，这个公司简直像军队一样。”

“哈哈哈，这个比喻很好。我刚进入公司的时候，也经历了

---

* **脏脏的玩偶服**：当我还是新人的时候，也曾体验过这身玩偶服，长期被一代又一代的新人（虽说是新人，但全都是老头）穿戴，真的很臭。外表是可爱的熊，但里面充斥着难以置信的老人味儿。穿了这么久，我觉得差不多也该买新的了，但在低成本开发商这里，连玩偶服也要做到低成本。

和你一样的事。在D HOUSE应该不会做这些吧？”

“不做，不做。哪怕是除草，也是委托专业公司。另外，办公室挂着社长的照片，在照片前开早会*，也让我很震惊。”

一旦开口，他的更多抱怨和不满也就不断地发泄出来。

但是，即使米谷先生经受了这么无理的“洗礼”，他还是顽强地在这个公司存活了下来。

两年后，他也完全沾染了TAMAGO HOME的颜色，当初自己遭受过的，米谷先生让新人也同样领教了。恶习就是这般传承下来的。

* **早会**：在TAMAGO HOME的早会上，全体社员要面向挂在墙上的社长照片问候“早上好”。早会的主持是值班制。当初进公司时，大家都是边看着“早会流程指导手册”边参加早会。但是，进公司超过三个月之后还看指导手册的话，会被猫泽店长怒骂：“你要看到什么时候？给我好好记住！”以上都是经典场面。

某月某日

店长考试：

“毫无常识”的烙印

作为上班族，大家多多少少都想出人头地。

我自己也有出人头地的愿望。不过，我家的特色是：妻子更加热切期望丈夫能出人头地。

在TAMAGO HOME，要想成为营业所的店长，除了一定的工作年限和销售业绩外，还必须有上司推荐并通过店长考试。如果获得了店长资格，就可以在新店开张或者店长空缺时，作为店长赴任。

有一天，猫泽店长对我说：“这个月末有店长考试，我们营业所推荐了你。”

我问道：“店长考试难吗？”

“不是什么很难的考试，似乎哪怕不复习，只要会加减法就能合格。”

听了猫泽店长的话，我有了信心，开始觉得“以管理者的身份工作也不错”。

回到家，全家人围坐在餐桌旁时，我随口告诉大家：“这个月，我要参加店长考试*。”

“孩子他爸，那很厉害呀！果然是金子就会发光，如果成了店长，工资怎么样？”

妻子非常兴奋，平时不怎么说话的高中生女儿虽然一边玩着手机，但一边也对我说：“爸爸，太棒了吧！店长是不是很厉害啊？”听到女儿这样说，我感觉特别好。上一次被这般奉承还是在她年幼时，在我打开大家都打不开的紫菜罐头的盖子时。

从那以后的一段时间，妻子每一天的心情都很好。以前，我的脏衣物都是积攒到极限，妻子才帮我洗，衣服晾干后就直接被一股脑儿扔进我的房间，而现在她每天都帮我洗衣服，并在叠好后帮我放进衣柜。

而且，妻子还给在东京读大学的儿子打电话说“你爸爸这次好像要当店长了哟”。如果只是和家人说说还好，但说不定，她和附近关系好的太太们也说了。

就这样迎来了店长考试的日子。考试会场设在TAMAGO HOME的东京总公司，全国各地营业所的店长候选者都云集

---

* **店长考试**：过去，只要有上司的推荐，就能立刻成为店长。但是，随着公司规模的扩大，便诞生了店长考试，如今，通过店长考试之后，还要接受高管的面试，一切都顺利通过的人才能正式获得店长资格。

于此。

我在自己的考试号对应的座位坐下后，就看到旁边座位上的参考员工正在专心致志地看资料。环视四周，其他人也都在聚精会神地看类似的几张纸。难道只有我忘了带什么吗？询问邻座的员工后，才知道那是“历年真题”，聪明细心的店长会搜集过去的考试真题交给自己的部下。当然，我没有这样的东西。

考试终于开始了。试卷上的复杂计算题和四字成语填空题对于应届生或许很简单，但对于平时顶多会计算饭钱的中年人而言，全是棘手的问题*。

考试一结束，我就确信：

我一定会落榜！

那天傍晚，一回到营业所，猫泽店长就非常轻松地问我：“简单吧？”仔细一想，店长很早以前就是公司员工了，因此并没有参加过店长考试。

一周后，我的名字没有出现在合格名单上。

TAMAGO HOME的社内规定是，如果考试不合格，两年内将不能再次参加店长考试。错过机会的员工**必须在社内再进

---

* **棘手的问题**：因为之前一直听说考试问题是普通常识，所以，在这个时候我对自己的常识能力产生了怀疑：或许这些试题是一般人都可以答出的常识？

** **错过机会的员工**：这之后，我时不时地听店长提起“机会之神”的话题：“机会之神只有刘海儿，后边是秃顶，所以没抓住刘海儿的家伙，在后面慌忙追赶也是抓不住的，哈哈哈。”说到底，这对他而言不过是他人之事。

行两年的积累沉淀。在这个流动率极高的行业，两年的岁月里，周围的销售员班底发生巨变也不足为奇。

还有一个更大的问题：该怎么和坚定不移地认为我即将成为店长的妻子说才好？

数日间，考虑种种之后，我鼓起勇气说出了口。

“那个店长考试，我虽然过了笔试，但是高管面试时落榜了。”

实在说不出是因为笔试而落榜的，只好说是高管面试没有通过，这是我脆弱的自尊。

“你撒谎吧？不是你说的谁都可以通过的吗？”

眼看着，妻子的脸色变了*。

“落榜的人，除了你之外还有别人吗？店长的事我和大家都说了，太尴尬了。估计，就是因为你……”

我记不清妻子后面说了什么。

那之后，妻子对我的态度发生了急剧变化，或者说，回到了从前：她不再折叠我的衣物，而是将衣服直接扔进我的房间。

---

* **脸色变了**：与大惊失色的妻子相反，女儿还是一如既往地一边玩着手机，一边冷酷地说：“我就知道肯定会落榜的，不过真的很好笑。”

某月某日

开运物：

顶级销售员的秘密

近年来，越来越多的女性进军职场，在房产行业，女性销售员的身影也越来越引人注意。

虽然如此，但我们这个艰苦的行业年轻女性比较少，能闯过修罗场的几乎都是颇有手段和风格的大妈。

TAMAGO HOME 的福岛营业所就有这么一位女性销售员：泽田女士，五十岁，离过一次婚，有两个孩子，大的是中学生，小的是小学生。她的销售业绩在营业所名列前茅。

不过，要说她销售技巧高超的话，倒也谈不上。更明确地说，就是完全不行。她不会用电脑，也完全没有建筑知识。在全体员工装饰住宅展厅的时候，她时不时以孩子身体不好为由提前回家。

但是，她能签下合同。

这个行业并不是只要能说会道就可以拿下合同的简单世界。然而，她却有着傲人的优秀业绩。

为什么呢？在我看来，她和客人相遇的时机总是特别好。

我在前文中介绍过，销售员不能选择顾客。在住宅展厅等候的销售员必须按顺序接待顾客。这意味着运气会起很大的作用。她总有这种运气。

很多在房产或不动产行业工作的人都迷信兆头。我们营业所就有一个气派的神坛，同事中有戴能量石手链的，也有非常在意“大安吉日”和“佛灭凶日”的。

泽田女士也是其中之一，她在桌子的所有地方*都摆满了开运物。

我曾被泽田女士推荐过开运方法，据她说，两手各持一张写着经文类文字的金色卡片，并将手放在身体前方来回旋转，财运就会上升。

“过去，每当我为钱所困的时候，一做这个，本来只有零钱的钱包在第二天早上就会出现纸币。”她用非常神奇的神秘经历极力试图说服我。

“我只特别告诉屋敷先生你哦，两张一套，一万日元。怎么样？”

我礼貌地拒绝了。

---

* **桌子的所有地方**：她的桌子除了堆放公司资料之外，就像露天店铺一样摆放着纸钞和金色袖珍版七福神等。平时这样没有问题，但总公司的人来的时候，提出了“为了美化营业所，请整理收拾桌子”的指示。有一天，或许因为是匆忙被塞进桌子里的，大黑天神的头突然从抽屉里冒了出来。

至于开运物的效果嘛，泽田女士会偶遇“幸运顾客”。毫无疑问，“运气也是实力的一部分”*，即使是无法制作出一份正经的销售资料和估价单的员工，但只要能提升销售额，对公司而言就是优秀员工。

来营业所视察的牛田总经理训示销售员们时说：

“泽田女士真厉害。连续三个月的销售业绩名列前茅。我希望大家多多学习她的做法。”

接着，总经理将泽田女士叫到大家面前。

“泽田女士，趁这个好机会，你能不能告诉大家你平时的心得体会和出成果的秘诀呢？”

泽田女士飒爽地走到前面，开始讲话。

“嗯，我认为识别清楚顾客还是很重要的。如果可以辨别出能签约的顾客以及不能签约的顾客，就能够更有效地推进工作。”

边听边点头的总经理问泽田女士：

“原来如此，的确是这个道理。那么泽田女士能清楚地辨别顾客的要领是什么呢？”

“我是知道的，会签约的顾客，见面时我就可以看到顾客的

---

* **运气也是实力的一部分**：泽田女士的话虽然过于奇怪，但对销售员而言，运气确实是不能否定的要素。完全不迷信的顶级销售员菊池先生也曾说过：“涉及巨额资金运转的工作，背后有一股我们自己无法掌控的无形力量。”

头顶上方有白烟一样的东西——”

从这里开始，泽田女士惯常的超自然风格发言源源不断地炸裂而出。开启这个话题的总经理也只能苦笑。

就这样，我们营业所的员工在牛田总经理的面前，被迫听泽田女士的超自然故事，一边单手做笔记，一边一脸严肃地“嗯嗯”点着头。

某月某日

平常的一天：

房产销售员的日常

早上6点30分，闹钟响了。我整装收拾好，7点30分离开家。从家到公司是三十分钟的车程，但是中途停靠便利店去购买力保健功能饮料和香烟是我的习惯。

8点30分，工作开始。猫泽店长出现，每天的早会开始。

首先，全体销售人员会面向挂在营业所墙上的社长照片问候道“早上好”，虽然社长本人并不在这里。每天早晨，我们都朝着画框里的照片问候。

接下来，各自发表今天的日程计划，轮到我了。

“早上好！我今天的日程是：上午去考察为三木先生提案的土地；下午制作土地的提案资料，以及给前些天来展厅的铃木先生制作图纸和估价单；傍晚要和本月计划签约的岸田先生进行房屋布局的商议。”

和周六日不一样，工作日几乎没有顾客来展厅，所以工作日进行上述的土地调查和图纸制作是主要业务*。

早会以三分钟演讲**收尾。今天轮到小野寺先生。是乏味的孩子在校园的段子，因为太过无聊，虽然只有三分钟，却令人感到有五分钟甚至十分钟之久。

早会结束后，为了进行土地的“实地勘察”，我开车前往现场***。

到达目的地，我拍摄了一些给周末的顾客讲解用的照片。

结束了土地的“实地勘察”之后，要去政府进行“政府调查”****。

这时，我的手机响了，是房屋即将完工的顾客打来的。

“昨天，我查看窗户和卧室的地板，发现了很严重的污渍，明明是新建房，为什么这么脏？”

---

* **土地调查和图纸制作是主要业务**：当然，顾客的电话是全年无休的。所以，主要业务之外，还必须随时应对顾客打来的电话。遇到糟糕的情况时，仅仅是应对几通电话半天时间就过去了，这种情况是稀松平常的。早会中，包括我在内的销售员的手机的振动声就此起彼伏地嗡嗡作响。

** **三分钟演讲**：自己周围的故事和家人的故事，不论什么都可以，只要总结成三分钟以内的内容，在大家面前演讲。据说这是为了训练销售员在人前即兴发言的能力，但究竟对员工提升能力有没有效果非常值得怀疑。

*** **开车前往现场**：从营业所出发去外面的时候，会有一种无比解放的感觉。

**** **政府调查**：去政府调查在该土地上建造房屋的法令及权利关系。先要在四楼的建筑指导科确认清楚有无建筑限制；然后去六楼的都市规划科确认该土地的用途区域以及覆盖率、容积率；接下来是去三楼的水道科确认有无下水道以及水道管总管，以及在同一楼层的道路科确认该土地的邻接道路是否符合建筑基准法。“实地勘察和政府调查”是一整套工作，需要像这样在政府大楼里四处奔跑确认。

顾客看上去相当生气。

虽然我解释道“工匠还在房屋里面施工作业，最后会仔细清扫完毕后交房给您”，但对方的怒火仍然没有平息。

“不是那种程度的脏，难道不是他们穿着鞋直接踩在上面了吗？”

这么一来，我不去工地，就无法平息他的怒火。

“我知道了，下午我会带工地主管前去确认。”

说罢，我挂了电话，下午做图纸的时间没有了。

下午2点，我和负责这里的工地主管约定在工地会合，顾客已经到了，偏偏工地主管迟了十分钟才到。

我们三个人进入还在修建中的房子。的确，卧室的地板非常脏，顾客所说的完全在理。

在还没有装空调的房子里，我和工地主管满头大汗地用拖把清扫地板。清扫完成后，我汇报给顾客，并告诉他我们今后会注意。从工地出发时已是下午5点。

我就这样直接去见了约在下午6点进行商议的顾客岸田先生。

岸田先生是一家大型厨房制造公司的设计师，非常讲究，布局始终定不下来。今天已经是第五次商议*了。

---

* **第五次商议**：一般来说，签约之前就已经进行了五次平面图的商议是令人难以想象的。但是，这位顾客对我说“只要确定了布局，我就立即在TAMAGO HOME签约”，所以我也“动机不纯”地陪着顾客一起讨论户型布局。

我迅速地将他们两位带到CAD*席位，开始进行图纸的商议。

岸田夫妇聚精会神地盯着屏幕看。

“那里，客厅再稍微宽敞一些，然后，厨房后面再加一个食品储藏室，地板下方的储藏室再稍微向东侧移动一些。”

这个CAD软件的性能很高，外观和窗户颜色等都可以绘制出效果图，所以与如此细致的顾客沟通时会变得异常麻烦。到了第五次商议，顾客也熟悉了CAD软件的性能，故而会提出种种具体要求。

“请再次让我们看一下外观的效果图。”

我将外观透视图**投屏在显示器上，展示给岸田夫妇看。

“嗯，颜色是这种感觉，不过我希望在这里加一些竖线条。”

我已经为他们变更过好几次外墙的颜色了，实在是累了。

“岸田先生，怎么样？可以按照这种感觉实施吗？”

“不，虽然离理想状态越来越接近了，但有一些地方还需要再想想。”

他又打算留到下一次继续商议了。因为也有来自猫泽店长的压力，我有些急躁地希望赶紧签约。

---

* **CAD**：绘制图纸的软件。现在的CAD软件越来越好用，销售员也能掌握运用，可以一边给顾客展示效果，一边现场绘制或者变更图纸。

** **外观透视图**：三维立体地呈现设计的房屋效果。面对可视的具体形态，顾客更容易提出意见和要求，经常在这时候提出一个个新要求。

“岸田先生，这次是第五次商议。关于房屋布局，等签约以后，我会花时间陪您认真商议，直至建造出理想的家。所以我想，等签约之后，再继续接下来的商议……”

岸田夫妇瞪眼看着我。

“什么？明明还没确定好图纸，你就要让我们签约吗？TAMAGO HOME是不签约就不能商议吗？都到这一步了，你打算就这样丢下我们吗？”

他们心情不好，开始发火。

注意到这边事态的猫泽店长走过来，道歉后提出更换负责人，岸田先生的怒火总算平息了下来。看手表，已经是晚上9点多了。

我开了三十分钟的车回到家。深夜10点，到了这个时间，总算不会再有客人打电话过来了。

到家后，我边看“新闻站”，边吃着重新用微波炉加热过的米饭。今天连吃午饭的时间都没有，只在开车途中吃了一个三明治，早已是饥肠辘辘。因为回家的时间很晚了，没有家人来招呼我，我的晚饭总是一个人吃。在外面靠说话工作的我，在家里总是沉默寡言。

明天是久违的休息日，所以我决定在泡澡之前，看一会儿

YouTube*。对我而言，深夜10点以后，是我从顾客和店长那里彻底解放出来的幸福时刻。

---

* **看一会儿YouTube**：我经常看的是都市传说一类的节目。对于我这样对人性逐渐失去信心的人而言，怎么思考都很奇怪的阴谋论可以让我放空大脑、乐在其中。

某月某日

这么一大把年纪了：

五十二岁同龄者的扭打

“签约了的顾客，商议不要约在周六日！引导他们约在工作日的晚上。”

猫泽店长的怒吼声响彻营业所，被吼的是横山君。

横山君将上个月签约的顾客的商议安排在了周日。

已经签约的顾客期待通过商议来敲定他们的家。因为一般人都是周六日休息，所以很多人希望将商议安排在一家人可以凑齐的周六日。但是，对于公司而言，周六日是可以取得新顾客的黄金时间，所以更希望销售员在此期间专注于获取新顾客。

每逢这种时刻，营业所的人便噤若寒蝉。

泽田女士像往常一样，用不是自言自语的语气自言自语着。如果是平时，大家也不会在意，但或许是因为办公室很安静，所以她的声音非常刺耳。仅仅是被迫听她的自言自语，大家就非常焦躁不安。

这种状况下，猫泽店长接到了牛田总经理打来的电话，他从刚刚的骂声瞬间转为卑躬屈膝的道歉声。

“是，是……万分抱歉。是，我这就去确认。”

似乎那边要求店长确认顾客的进度状况。把握各位销售员的顾客进度也是店长的工作。挂了电话后，猫泽店长叫来长峰先生。

“长峰先生啊，收到估价单的小渕先生后续怎么样了呢？”

“哎呀，那之后还没收到来电……”

“如果这样的话，就把他的名字从本月的预计签约顾客名单*中删除吧，因为上面的领导看了大家的名单后，来找我确认了。”

焦躁的店长这么一说，长峰先生反驳逼问道：

“之前我向你说明了小渕先生的情况，问你要不要先将他从名单里删除。那时候，店长你说的是：那样的话，营业所的预计签约顾客名单的人数就太少了，难以向上司汇报，先暂时不删除。是这样的吧？！”

猫泽店长的焦躁指数**爆表了。

---

* **预计签约顾客名单**：记录所有销售员正在跟进的顾客的进度的名单。根据这个名单，店长可以统管营业所。此外，因为店长要根据这份名单向总公司和总经理报告，所以销售员如果不认真对待每日更新，向总公司提交的报告就可能出现虚假情报。

** **焦躁指数**：店长的焦躁指数可以通过他抖腿的强度来察觉。虽然平时他也有坐在桌子前轻微抖腿的癖好，但是今天这样的日子，他抖动的程度非同寻常。离店长座位很近的社员甚至会产生“嗯？地震？”一般的错觉。

“我是店长，管理所有员工的案子。这种琐碎的事情不可能一一记住。这么一大把年纪了，连这点事情都不懂吗？！”

这句“一大把年纪了”似乎触碰到了长峰先生的逆鳞。其实这两位，虽然职位上是上司和下属的关系，但年龄都是五十二岁。

“你说什么，你这个浑蛋！”上峰先生站了起来，猫泽店长也起身应战。两个人抓住彼此的领口，就在这一触即发的时刻，我们介入并阻止了两个人的扭打。

在一般公司里，不太会看到这样的事情：彼此都是“一大把年纪”的成年人，却在公司里扭打，实在令人难以置信。

长峰先生说着“我回去了！”便冲出办公室，猫泽店长则说道：“开什么玩笑，臭家伙！我要向上级汇报。”店长立即联系了总经理，向他汇报此事，并且一如既往地将事情往有利于自己的方向润色。

从以往的经验来看，我觉得长峰先生估计就直接辞职了。

但是，三天后，我的手机响了。

“屋敷先生，这次引发了骚动，对不起。话说店长在那之后说了我什么吗？”

在意这一点，意味着他还打算重返这份工作。

“还是以前的那个样子，如果道一句歉的话，应该就没事了吧。”

长峰先生也说了句“这样子啊”，表达了回来的意愿。我立即与猫泽店长沟通说：“长峰先生打来了电话，似乎很后悔。他想要道歉。”店长表现得毫不在意的样子：“他明白了就好，毕竟人手也不够。”

第二天，长峰先生像往常一样来上班，并向猫泽店长道了歉。店长也理智回应道：“我说得也有些过分了。”事情就这么解决了。

那一天，虽然之前劝架的大家都提心吊胆，但他俩却像什么事都没发生似的埋头工作。

某月某日

死角：

住宅展厅，一直装饰到天亮

明天开始是黄金周。住宅展厅正在紧锣密鼓地进行活动的准备。

在我们公司，清扫、除草、制作活动装饰品等都是销售员分工来做。在大型房产公司，装饰品是总公司送来的，清扫也是委托给专业公司，但是我们低成本房产公司的销售员没有这种待遇。

因为展厅的装饰海报都是手工制作的，就像学校的文化节*一样，光是准备就需要花费数日。我每次都负责制作海报和资料页，要用Excel表格和Word文档来制作贴在墙上和放置在桌面上的活动公告、房屋资料，等等。

就在刚刚，我花了一个半小时总算完成了海报，设计自然

* **学校的文化节**：虽然学校的文化节整体其乐融融，非常快乐，但是对于中高年级的学生来说，“文化节”一点也不快乐：大家都只想着怎么省事偷懒，怎么才能早点完工。

是很草率，字多得都溢出来了。但时间所剩不多了，就算重新设计，我也没有信心可以做得更漂亮，于是就这么直接贴出来了，结果，同事田村先生吐槽道：

“屋敷先生，这个，字都溢出来了，可以直接这样将照片发给总经理吗？”

装饰准备结束之后，各营业所都要拍摄展厅的照片，用邮件汇报给牛田总经理。总经理看了各营业所发送的照片*，会给予“这个很棒”“这个不行”之类的指导意见。

“田村先生，请不要对非专业人士做品质方面的要求。没人看那么细节的地方，没关系的。”

如果为了准备工作而用尽体力，在关键的活动当天就会筋疲力尽。我一心只想早点结束这一切。

田村先生给总经理发送了邮件。一小时后，总经理在我设计的活动公告图片上标注了“糟糕案例”几个潦草大字后，群发给了所有营业所。

最终，不但我被迫重新修改，而且总经理突然决定明天亲自来营业所查看成品效果。

这样一来，营业所的责任人猫泽店长大为惊慌。因为对于店长而言，除了营业所的业绩，营业所的运营也是考察对象，

* **发送的照片**：本来，发送的照片应该是刚刚完成的装饰的照片。但有时候，想着“反正领导也不知道”，发送的是半年前活动的装饰照片，总经理也并没有发现。

所以查看并非小事。猫泽店长检查了现有的张贴物和展示品之后，决定全部重新做。

“大家，明天牛田总经理要来视察。所以我希望将展厅和样板房的装饰做得更豪华一些。”

店长得出这个结论是下午5点。如果从这时开始做，究竟要花多长时间呢？……

本来，展厅和样板房的装饰是为顾客准备的。明明我们TAMAGO HOME的社训应该是“顾客至上主义”，但店长似乎秉持的是“总经理至上主义”。

实际上，这个活动的准备工作还有一件麻烦事。

准备活动所需要的备用品可以用公司经费购买，但流程上要先由员工暂时垫付这部分钱，之后再用经费结算。购买各种各样的备用品需要花费数万日元。而经费结算要等月末结账后，于次月25日的发薪日计入工资内退还。

对于一天靠一千日元零花钱生活的我而言，掏出这些钱实在是相当困难。如果提前告知的话还好，但如果当天店长突然说出“屋敷，你可以帮我们出去买点活动用品吗？”，那么钱包里只有一千日元的我就不得不回自己家取钱*。

时间已经是夜里10点，工作依然看不到收尾的兆头。

资料和海报做了又改，改了又做，因为明天总经理的视察关乎对猫泽店长的评价，他便将这当作一生一世的大事来看待，拼尽全力地装饰着展厅。

总算有点成型时，已经是次日凌晨3点**，包括我在内的销售员都已经疲惫不堪。这一切的工作都不是为了顾客，而是为了店长以及总经理。

第二天的活动，一早就来了很多顾客，是巨大盛况的一天，辛苦也算值了。

上午11点，牛田总经理的车到了。

猫泽店长一点也不关心顾客，一溜烟地跑出来迎接。营业所的全体员工就像在等待皇室成员的莅临一般，迎接牛田总经理的到来。总经理似乎也并不反感这样的待遇，只说了句“辛

---

* **回自己家取钱**：某次，店长突然拜托我采购。我出了公司就直接回了自己家。然而，妻子去打零工了没在家。不知道钱放在哪里的我进入房间找女儿，女儿也不在，映入眼帘的是女儿的储蓄罐。我心想“只是稍稍借用一下，偷偷再还就行”。拿起储蓄罐时，紧急事态又发生了。这个储蓄罐的设计是不弄坏就取不出钱，没有办法了，我只能弄坏女儿的储蓄罐。我已经不愿想起那天晚上家里的修罗场了。

** **凌晨3点**：固定工资里包含一个月四十五个小时“固定加班”的加班费，所以这个活动准备的工作拿不到加班费。原本，超过固定加班时间的时长就会有加班费，但实际上公司不允许这么做，所以大家加班都不会超过固定时长。

苦大家”。

总经理进展厅，也没怎么仔细看我们昨天辛苦到很晚才做好的装饰，就结束了视察，向样板房走去。

十分钟后，结束了样板房的视察*，回到办公室的总经理的表情很严肃。

“什么啊？这是！”

总经理的手心里，有几只干瘪了的虫子尸体。

“一打开样板房的浴室排水沟的盖子，就发现竟然残留着这些东西。如果顾客们看到这样的东西，会怎么想？”

真是注意到了相当细微的地方啊。

“谁会逐个看那么细节的地方啊？”我们这些销售员在心底里小声嘟囔着。与我们形成鲜明对比的是猫泽店长，他一副站立不动的僵硬状态。

---

* **视察**：总经理不看我们希望他查看的地方，硬要去寻找一些可能会存在疏漏的地方并指出问题来。与其说是视察，或许说是“找碴儿”更为合适。

某月某日

垒球大会：

苦差事的娱乐

今天是公司主办的垒球大会。

“3 · 11大地震”之后，受灾地福岛县处于建筑热潮之中，销售员们忙得连休息日都没有。在这样不能休息的时期，浪费宝贵的时间举行垒球大会，实在令人困扰。虽然号称不喜欢的话可以不去，但这在我们TAMAGO HOME是行不通的，这几乎是强制参加的公司活动。

对于公司，将全体员工聚在一起打垒球的照片上传到官方网站主页，可以用来宣传公司福利待遇优厚。我们这些员工似乎是用来临时凑人数的。

大会的举办场所在仙台，从福岛开车过去要花费三个小时。

“与其参加这样的活动，还不如在家睡觉。我可以不去吗？”

向我这么发牢骚的是我的销售导师菊池先生。四十七岁的菊池先生业绩名列前茅*，在东北地区非常傲人，他一年可以签下数十栋房屋的合同。到了这种程度的签约数量，考虑到签约顾客的图纸商议和已经开始施工的顾客商议等，他每天的行程都得按分钟来计划。其余时间，也会有络绎不绝的电话打来。据我所知，菊池先生这几个月没有休息过一天。

菊池先生一到吸烟区，就发出“啊——”的声音。他躺在长凳上，说：“屋敷，杀了我吧！我想舒服点！”这是他玩笑式的口头禅。

“垒球大会，菊池先生不参加的话会比较显眼吧。随便打打，然后赶紧回家吧！”我安慰道。

明明前一天大家都工作到晚上10点左右，垒球大会却要求大家当天凌晨5点在营业所集合，然后分两辆车出发前往仙台。车上，以菊池先生为首的销售员们都疲惫不堪。

一到会场，所有销售员便立即在运动场集合。开幕式开始了。

“今天，大家借这个机会尽情快乐，加深与其他营业所员工的交流，度过有意义的一天吧！”

牛田总经理微笑着致辞。领导和我们销售员之间的热情度

---

* **业绩名列前茅**：当顾客咨询施工相关的问题时，一般销售员都会回答说：“我要去和工地主管确认一下，请稍等。”当过工地主管的菊池先生则对工地的情况了如指掌，他会明确地回应：“一切都交给我。如果只是稍微改动，我这边可以立即解决。”所以他拥有顾客压倒性的信任。

差距大得无法测量。

上午9点开球。别说快乐了，大家都是以一副应对苦差事的表情在投球、击球、跑动。因为没有午休，轮到进攻的一方就在长凳上啃外卖的饭团。因为三人出局而轻易地输掉后，大家又将饭团留在长凳上，上场开始防守。

这个以娱乐为名的强制劳动在下午3点30分顺利结束了。

“明天还要工作，大家也早点回去吧。”

然而，猫泽店长叫住了正准备上车的菊池先生。

“稍等一下，刚刚总经理说，好不容易有机会在一起，晚上大家一起聚个餐，好像已经预约好了居酒屋，晚上7点在那里集合吧。”

明天还有工作的销售员们都无言以对。

“也订好商务酒店了，今晚就在那里睡一晚，明天上班的人可以直接从酒店出发去公司。”

就这样，以娱乐为名的强制劳动一直持续到深更半夜。

如果就这样结束，也不过是寻常的“令人无语的职场笑话”，但实际上，还有一个令人笑不出来的悲剧在后面等待着我们。

某月某日

悲剧：

流于表面的劳务管理

第二天，有工作的我们早晨7点开车从郡山出发*，9点抵达公司，像往常一样开始工作。

11点多的时候，计划和菊池先生一起回来的同事打来了电话。

“菊池先生还没有起床，打他手机也一直不接。是还在睡觉吗？他给屋敷先生打过电话吗？”

“他没有打电话来呀，今天下午菊池先生的顾客要来，你得拼命叫醒他啊。”

大约三十分钟后，我的手机又响了。

“菊、菊、菊池先生他……”

同事似乎一边和谁讲着话，一边打电话。场面混乱得完全听不清楚他在说什么。周围的喧嚣声中，他似乎在哭泣，一句

* **从郡山出发**：前一天的聚餐是在郡山，所以销售员们是各自乘车前往郡山，然后在那里的商务酒店住了一晚。

话终于传进我的耳朵。

“菊池先生去世了。”

同事打了几通电话都无人应答，所以很担心。他请宾馆工作人员用房间钥匙打开了门。当他和宾馆的工作人员一同进入房间时，就看到菊池先生在床上沉睡一般地离开了人世。

之后，他们叫来了警察和急救车，验尸结果显示，死因是急性心肌梗死。

菊池先生家有妻子和三个还在上学的孩子，房子也才新建不久，他正是年富力强的年纪。

平常，菊池先生几乎都没休没止地拼命工作，营业所的人都知道他饱受疲劳和压力之苦。当然他的太太也同样知道。

他活着的时候，我总是听他本人说“好累，好想休息”之类的话，但我仍然无法接受这个现实。

据同事说，当天就赶到郡山的菊池太太，对着菊池的遗体一边哭，一边大声地呼喊：

“孩子他爸，不要睡在这样的地方，早点回家休息吧。你太累了吧。”

我一方面感慨他的家人该多么悲伤，另一方面又不禁想：菊池先生从所有的责任和压力中解放后，是不是终于可以变得快乐了呢？

这件事还有后话。

失去一家之主的菊池先生的家人针对TAMAGO HOME向东京地方法院提出了诉讼*。公司这边也聘请了律师正面应诉。

在TAMAGO HOME，实施的劳务管理准则是：上班时登录电脑，下班时退出电脑。

但这只是表面上的情况。实际上无偿加班和休息日上班**的人们借用密码登录***电脑的现象十分常见，公司也默认了这一切。

与菊池先生的遗族在法院打官司的TAMAGO HOME对员工进行了问询调查。具体来讲，是总公司派出律师，就菊池先生的上班状况对员工进行问询。

在总公司上班的人和律师都是周六日休息，所以他们都在工作日来营业所。于是，周六日几乎都要上班的销售员不得不放弃工作日的休息时间来应对这件事。关于过劳死的调查却剥夺了我们销售员的休息日，实在是讽刺。

---

* **向东京地方法院提出了诉讼**：这个案子在第二年公开化了。结果是，劳动基准监督署认定菊池先生的死亡为工伤事故。

** **无偿加班和休息日上班**：因为按照公司工作准则规定的劳动时间根本无法完成工作量，公司不可能不知道，但是并没有加以提醒，因此其实是一种默许的态度。

*** **借用密码登录**：上下班用的不是考勤卡，而是通过登录电脑的考勤系统来操作。上班时输入社员ID和密码登录，下班的时候则退出登录，这样便可以留存员工的上下班记录，总公司也能管理历史记录。如果休息日使用自己的ID启动电脑，会被系统识别处理为“休息日上班”，所以大家会使用别人的密码登录。

对销售员进行问询调查时，律师问我：

“菊池先生的上班状况如何，他有没有在上班时外出去打柏青哥[1]或是在车里午睡？”

我否认道：“没有，我从来没见过他那样。”实际上，菊池先生忙得根本没有时间做这些。

“即使没见过，也没听过这样的传闻吗？”

“没有，这样的传闻也没听过。”

“但是，他有做这些事的可能性吧？”

“……”

问询调查看来是在搜集对公司有利的情报。

结束了对销售员的问询调查后，最后，总公司的人又将全体员工集中在一起，呼吁道：

“今天感谢大家百忙之中抽出时间协助我们的工作。我们知道大家都非常忙，但是将身体弄垮了就什么都没有了。请大家好好地休息，做好身体管理，以最好的状态去工作吧。”

译者注

1　柏青哥（パチンコ），日本的一种弹珠游戏机，玩法是把小钢珠弹射到盘面里，钢珠在落下过程中会不断碰撞盘面里的钉子，从而改变轨迹。最后若是能落入指定的位置，就能获得奖励。

第四章

房产行业 不能外传的秘密

某月某日

看不见的干扰者：

卖不掉的土地及其真相

我们房产销售员的工作，是贩卖被称为高级商品的“建筑物”，但也有顾客要求我们从寻找“土地”开始。虽说对于我们来说，服务已经拥有土地的顾客会更好操作，但是满足顾客的需求同样是我们的工作。

今天的顾客宇野夫妇是一对二十多岁的新婚夫妇，他们想寻找一块土地建造自己的家。

从寻找土地开始的顾客，如果找到称心如意的地，会自动签订建造房屋的合同*。所以，土地的提案将决定命运。反过来说，如果没有确定好土地，就无法签订合同。

宇野夫妇上次来展厅的时候，我询问了他们心仪的土地所在区域及大小、金额和位置等详细信息。根据这些信息，我找

---

* **自动签订建造房屋的合同**：正常情况下，顾客都会在为自己找到心仪土地的开发商那里签订建造房屋的合同。但极少数情况下，也有厚颜无耻的顾客让开发商帮忙找到土地后选择在其他公司建造房屋。如果无法拿到寻找土地的酬劳，就完全变成了义务劳动。但是我们无法强制顾客，这也是令人痛苦的地方。

到了满足所有条件的土地。因为这的确是一块很好的稀有土地，我十分相信能让他们做出购买决定。

宇野夫妇一脸担心地问道：“找到好的土地了吗？”我自信满满地微笑着回答道：“找到了，可以说没有比这块地更好的了。”

我在夫妇俩面前铺开了大大的地图，向他们展示这次介绍的土地位置。我用马克笔将周边的购物点和医院、学校、便利店等都标记出来，用视觉效果凸显*土地的优点。将他们带到实地之前，用这种方法提高他们对土地的期待，也是非常重要的工作。当我解说完，从宇野夫妇的表情可以清楚地看出来，他们已经迫不及待地希望得到这片土地了。

“别的销售员也正在向顾客介绍这块土地。条件如此之好，所以是先到者先得**。”

这番话让他们更加紧张，于是我们驱车前往实地。

到了实地，我们看到一块非常齐整的四方形土地，南侧没有建造别的建筑，日照非常好，视野也非常好，谁看了都无可

---

* **用视觉效果凸显**：如果带顾客去看土地，最好选择天气好的日子，带他们前往实地时，不管细长的田间小道再怎么近也不要走，而是要选择与购物中心、医院和学校等相通的道路。不动产中介也同样如此，因为视觉上的冲击力很重要。

** **先到者先得**：虽然会被认为是催促顾客赶紧购买的一种手段，但这未必是谎言。能吸引我目光的土地也会吸引其他公司的房产销售员。稀有土地空出来后，对于能够立即下决定的顾客最有利。

挑剔。

“真是个很棒的地方呀。是不是不错？”妻子的反应很积极，丈夫也“嗯嗯”地点头赞同。

由于他们的意向基本确定，所以当天我就用传真向负责这块土地的不动产中介公司发送了预购证明*。不过宇野夫妇说，为了保险起见，让父母改天也一起来看看土地。其实，几乎所有购买土地的顾客都会在第一次参观完之后又多次查看土地。

不过，从宇野夫妇的样子看，他们几乎决定了买这块地。从下一次商议开始，就可以正式进入房屋建造的讨论了——我这么确信着。

但是数日之后，宇野先生突然联系我，说要取消购买土地。我尝试询问理由，他只是一味地强调“总之我想取消购买那块土地”，其他什么话都不说。他甚至还对我表现出一种奇怪的厌恶感，下一次的商议自然也就延期了。

明明那么中意的土地，为什么会这样？我完全没有头绪。

但是，冷静地回想，那片土地被取消购买并不是第一次了，而且模式几乎是一样的：参观土地时情绪高涨得要直接定下来，但最后却以坚定地取消告终。

---

* **预购证明**：指购买不动产的申请书。将这一资料提交给不动产公司后才能锁定土地。虽然受欢迎的土地会有很多人申请，但提交预购证明的先后顺序能够决定优先顺序。

这么好的位置，这样的价格，按理说不应该不要。

知道了这件事情后，自称感应能力很强的销售员泽田女士说：

“听说那片土地的顾客取消购买了？其实我也带顾客去过那片土地，就有种不舒服的感觉。我凭直觉就知道，那块土地绝对有情况。”

尽管我认为这番话很傻，但也忍不住觉得，可能的确有些什么。

难以理解的我决定直接找宇野夫妇询问情况。预约后，我拜访了他们家，两个人冰冷的态度透露出对我的不信任。

“我无意再向宇野先生、太太推荐土地或推销。不过恳请你们告诉我取消那片土地的理由。”

于是丈夫瞪着我说：

“屋敷先生，你是明知道那件事，还将那片土地介绍给我们的吧？”

我完全摸不着头脑地反问：

“那件事指什么？那片土地有什么问题吗？”

“那片土地，是事故土地吧？”

这番话让我非常不解，如果是事故土地，不动产公司是有告知义务*的。这家不动产公司和我们合作很久了，不可能不告诉我这么重要的事情。

我当场否认，但是丈夫却冷冷地说：

“本来我们已经打算定下那片土地了，所以计划周日带父母去看。结果住在隔壁的老太太走出来说：之前，住在这里的人上吊自杀身亡了，所以房子才被拆除的。”

如果真有这种事情，我被记恨也是正常的。

为了确认情况真伪，我立即给不动产公司打了电话。然而不动产公司的社长生气地回答说：“不可能有那种事情！我认识以前的房主，住在那里的老爷子如今住在东京的儿子那里，精神头很好地活着呢。是谁说这么奇怪的话啊？”

我告诉他，是宇野夫妇再次去查看土地的时候，遇见的隔壁老太太说的。

对方恍然大悟：“原来如此，这就是每次那块土地即将卖出时就被取消的原因啊。”

过了几天，不动产公司的社长打电话向我告知了情况。

“那个老太太好像讨厌自己家隔壁盖房子。因为她趁着隔壁土地空着，在自家交界处弄了一个家庭菜园。如果隔壁土地建

---

* **告知义务**：如果是事故房产，当用于租赁时，事故发生后的三年内都需要履行告知义务，如果是事故土地之类的不动产买卖，则需要无限期地履行告知义务。这种情况下，必须告知购买者何时发生了何事，在此基础之上才能签订买卖合同。

了房子，好不容易经营的一切就要毁了。所以她才向来看土地的人传播奇怪的谣言。总之，我们和她严肃地谈过了，老太太道了歉并请求我们的原谅。我们非常严厉地让她以后不要再说这样的话，因此不会再有问题了。”

听到这番话，我松了一口气，作为销售员的热情也再次被点燃：如果向宇野夫妇说明事情的缘由，或许还有签约的可能。

我为了说明情况，在约好时间后再次拜访宇野先生的家。

我将全部事实告诉了他们，试着再次向他们推荐那块土地：如今那块土地已经没有问题了。

宇野夫妇皱着眉头，回复道：

“我们已经知道屋敷先生没有恶意，也知道那块土地不是事故土地了。但是，我们更讨厌隔壁住着那样的人。”

唉，的确是。旁边住着这种怪人的土地，我却若无其事地推荐，似乎也有些奇怪。

某月某日

打折的背后：

品质有差别吗？

很多人会有这样的考虑："购买住宅的时候，他们会同意我讨价还价吗？或者，是不是不应该提这样的事情？"

我先说结论：那就是"一定要提"。虽说不同开发商的打折力度和赠送服务的内容不一样，但没有哪个开发商会将价格定在成本价的临界点。一般都会考虑到一定程度的"折扣"再设置定价。

野田先生对于以三千万日元来新建独立式住宅的预算和提案都很满意。

"野田先生，这周五是大安吉日，就在那一天签约可以吗？"

当我这么提出来后，野田夫妇互相暗示地看了一眼，然后开口说道：

"屋敷先生，我们确实考虑在TAMAGO HOME签约，但能否再稍微给点折扣呢？"

我心想“这就来了”*。一定是前一天夫妇俩商量好了。不过，立即顺从顾客的打折要求是不专业的。

我“嗯……”地冥思苦想时，野田先生进入了“战斗状态”。

“实际上，S林业给了我们一百万日元的折扣呢，但是他们家原本的价格就比较贵，不符合我们的预算，所以我们拒绝了。此外，L HOUSE的标配里就有洗碗机哦，但这在TAMAGO HOME是自选付费项目吧？”

顾客的心理是：已经是数千万日元的购物，总可以有数十万或者一百万日元左右的折扣吧。因而对于没有任何赠送服务的合同，顾客会有抵抗心理。说实话，考虑到对佣金的影响**，我原本是打算如果顾客不提，签约时就不附赠任何服务，但顾客要求这种程度的折扣也是意料之内的事。

不过如果在这时立即轻易地答应“好的，我会尽力给您优

---

* **“这就来了”**：通过这样委婉的方式来提出折扣的顾客比较可爱，但也有强势的顾客。之前，国民偶像组合的成员之一出演了TAMAGO HOME的广告，当我们对顾客说“不能再给更多的折扣”时，对方就说：“你们给艺人付了很高的酬劳吧，那么有钱的话，就让利给顾客吧！”

** **对佣金的影响**：佣金是按照合同金额的百分比计算的。三千万日元金额的合同，按1.2%计算就有三十六万日元的佣金。如果原价优惠两百万日元，佣金就会降到三十三万六千日元。赠品服务不影响佣金，但如果是规定以外的赠品，必须总公司审核通过《禀议书》，审批流程是店长到总经理，再到总公司的多位高管，需要花费一周以上的时间。而且某些情况下还会被驳回，相当麻烦。

惠”，顾客反而会对原价的可信度*产生怀疑。

“野田先生，我们低成本开发商已经削减了多余的经费，所以才能提供最低限度的价格。因此，像其他公司那样给一百万的折扣是不太可能的。如果要进一步打折，我们就只能哭着求承包商的工匠了。那样做也许可能有折扣。只是，房屋是他们在工地上建造的。以我的经验来看，从来没见过工匠给了便宜折扣之后还能建造出优秀成品的。”

这也是真实情况，让顾客提前知晓比较好。打完预防针之后我继续说道：

“出于这个原因，我得说打折有些困难，但这不代表我什么都不帮你们争取。能否稍微给我些时间？”

说完，我就离开了席位。下面就是假装和店长商量的表演时间。

几分钟后，我再次回到会议桌上。

“野田先生，刚刚我得到了店长的特别许可，可以附赠和L HOUSE一样的洗碗机。”

正如我之前介绍过的，这个洗碗机是由销售员自行判断，随时都能提供的赠品服务。

---

* **原价的可信度：**我自己建造房子的时候，明明我没有提出任何折扣要求，S HOUSE的销售员却突然得意地对我说：“给您优惠两百万日元！”那时我还在做上一份工作，对房产行业不太了解，但也对原价本身产生了怀疑，这是人之常情。

野田夫妇彼此对视并点了点头，看来他们已经满意了。

顺利签约后，我们开始闲聊。

“屋敷先生呀，事到如今，还是有件事情我不太明白。”

我稍稍正了正身子，等待野田先生的提问。

“这次，我为了选房，逛了好几家开发商*，价格贵的地方和价格便宜的地方之间的差价相当大。我是外行，不太懂，其中真的有差别吗？”

顾客是自私的，明明主动要求打折，得了便宜后却又因为便宜而感到担心。不过，我也能理解大家花大钱购物时的不安。

“你们在每家开发商那里看到的厨房品牌是不是都是LIXIL、Cleanup及Takara的？而卫生间都是TOTO或是LIXIL的？”

“的确，都是一样的。”野田先生点头回应道。

然后，我拿出了各公司房屋结构的比较表。各开发商的数据，如地基钢筋数目和粗度、柱子的宽度、外墙的厚度、外墙的生产商、屋顶材料的生产商，表格上都有详细的记载。

---

* **好几家开发商**：如果去大型开发商那里，销售员会使用建筑的密封性（C值）和隔热性能（Q值）等理论来说明“贵有贵的理由”。的确，数值上存在差异，但身体究竟能感受到多少差别就另当别论了。反过来，去低成本开发商那里，销售员则会说“我们使用的东西都是一样的，没有任何差别”。

“请看，各家开发商使用的构件材料都是一样的*，并不会因为是低成本开发商，地基的钢筋数量就变少或者变细。而且，我们的地基和M HOUSE选用的是同一家施工承包商。”

野田先生拿起比较表，细细地看着。

“那么，为什么大型开发商的价格更贵呢？因为大型开发商在建筑物以外的经费开销也很多。您从他们那里领到的商品目录是不是比在我们这里领到的要多很多？那里的工作人员是不是也比我们这里的多？在任何企业，最大的开销就是人工费，这比原材料的成本还要高，所以大型开发商也绝不是牟取暴利。”

虽然房屋的品质和档次并没有多大的差别，但是其他部分的确存在很大的差异，这也是事实。

“就是类似于加油站的‘全面操作’和‘自助操作’的差别。同样是加入汽油，是自己从车里下来加油，便宜搞定，还是自己仍然坐在车上让店员帮自己加油，再支付高价让对方顺便帮忙将车窗也擦拭干净，就是这种差别。”

这套我已经反复使用过几十遍的比喻总算让野田先生满意了。

不过，世界上也有觉得“便宜就是令人担心”的人，我建议这样的人用高价去购买“安心”。

---

* **都是一样的**：现在的设计基准和耐震基准都很严格。木材都是预先切割好的，在工厂里按照尺寸加工后再搬运到工地，在工地现场并没有使用刨子的木匠。地基承包商也是同时负责好几家开发商的业务，所以实际上，房屋的质量不会存在很大的差别。

某月某日

开始病了：

“已经厌倦了这样的生活”

这份工作让人在精神和肉体上都很痛苦。住宅展厅于早上9点开门，一直营业到晚上9点。因为一般人休息的盂兰盆节和正月都是我们挣钱的好时候，所以有时候我们从元旦就开始营业。虽然这些我都已做好思想准备，但我仍有过思考“这个公司是怎么回事”的时刻，那是2011年3月11日。

那一天，我结束了在其他分店举行的会议，开车返回福岛营业所。经过绕线干道的立交桥时，我感到长时间的剧烈摇动，巨大的地震让我觉得从立交桥上看到的山都在摇晃。或许是磁场的影响，天空呈现出我从未见过的紫色，这场景至今都清晰地刻在我的脑海里。

车载收音机里随后立即传来“大海啸警报”，我直觉这次并非小事。回到营业所，整个办公室变得一片混乱，样板房也一样，仅仅整理收拾就花费了相当长的时间。

那一天，福岛县的很多建筑物都倒塌了。距离营业所数千米的地方也因为大海啸*导致很多建筑受损，人员遇难。

我立即担心起家人的安全。

“店长，按现在这种状况，今天展厅已经没有继续营业的意义了吧？”

我询问后，猫泽店长一副很为难的表情。

“哎呀，我稍微和总经理商量一下吧。”

即使在如此紧急的状况之下，这家公司的店长连让员工回家这件事情都无法独自决定。

商量的结果是：上级做出了“全体员工在办公室待命”的指示，一直营业到晚上9点，理由是其他营业所的员工都在公司待命。

甚至，第二天也给出了“正常上班”的指示。

结果，在三天后福岛第一核电站第二次爆炸**后的时间点，我们才进行避难。

终于这一次，店长当机立断，大家拼命从公司逃走了。

但是，因为这一次我们没有获得总经理的许可就关闭并逃离了营业所，后来恢复正常营业时，包括店长在内的全体销售

---

* **大海啸**：沿海地区的溺死者多得连遗体都无处安放。那一年，市民体育馆被暂时用来放置遗体。

** **福岛第一核电站第二次爆炸**：3月12日，福岛第一核电站一号机爆炸，14日三号机爆炸。大多数人是在第一次爆炸时进行避难的。我们是在第二次也就是14日爆炸的时候才好不容易进行避难的。

员都遭受了责骂*：“这个营业所逃跑了。”

在这个即使发生核电站爆炸事故都不能避难的公司，我们只能以工作为中心地生活。公司至今仍是这种特性，所以入职几周后就辞职的人屡见不鲜，别说几周了，一天就辞职的人都有。

这位三十多岁的男性是从不动产行业中途转职进入我们公司的。进公司当天，闲得无聊的他被前辈员工警告：“如果没事可做的话，能不能去打扫样板间？你必须得自己主动干活。”

他不情不愿地去打扫样板间，到了中午，丢下一句“我去吃午饭了”，就再也没回来。这样的辞职速度，导致我连这个人的名字都没记住，这是我见过的最快的辞职者**。

留在公司的员工都很疲惫不堪，我也意识到自己病了。每天晚上，进了被窝之后，我还在模拟与顾客电话沟通的各种模式，怎么都睡不着。持续的睡眠不足，不但导致工作执行能力下降，也让精神逐渐被侵蚀。

---

* **遭受了责骂**：总经理打来电话训斥店长。我们销售员在三个月后的东北地区的聚会上，被总经理叫到座位旁边，斥骂道：“你们逃跑了！那是擅离职守！”不过，我们营业所离核电站爆炸的地点只有四十公里的距离。实际上，爆炸之后，爆炸地点二十公里以内的避难区域都被指定为禁止入内区域。根据核电站爆炸当天的风向，我们营业所的位置就算被划入禁止入内区域也不足为怪。

** **辞职者**：此外，还有人工作了一个月，公司已经给他配了车，但因为和前辈员工发生冲突，他从正在驾驶中的公司的车上跳下去，再也没来上班。那次连猫泽店长都急了。不是因为员工不来，而是担心公司的车。“那个家伙怎么样都无所谓，至少赶紧将车给我还回来。”

我在往返于家和公司的车上思考。

“已经厌倦这种生活了，好想要逃到某个地方。”

我非常理解去吃午饭再也没回来的那位同事的心情。菊池先生也被这份工作逼得离开了人世。如果我继续过这样的人生，真的没问题吗？好想干脆开车去某个陌生的地方——突然我就陷入了这种想法之中。

即使如此，这样的生活仍在继续。今天早上轮到我打扫卫生间，因为早会前的卫生间打扫是轮流制的。

我像往常一样从小便池擦拭到马桶，从卫生间的地板到镜子都彻底清理干净。我是不管做什么事情都很认真的性格，打扫卫生间也不容敷衍。

打扫完，我打算在自己清理得干净透亮的卫生间小便后再回去上班。卫生间里并列着四个小便池，我一般固定使用最外面的那个，但那一天我偶然使用了最里面的那个。

小便后，当我看向小便池旁边的墙壁时，发现上面密密麻麻地粘着像小芝麻一样的颗粒状突起物：浅棕色、干巴巴的。虽然之前从来没有注意到，但因为轮到我当班，所以无法坐视不管。我提心吊胆地用手触碰*，它们就扑簌扑簌地掉了下来。

---

* **用手触碰**：不可思议的是，当时的粗涩感觉至今都仍然留在我的手部记忆里。

我用手拿起来一看，是鼻屎。无疑是有人长时间习惯性黏上去的鼻屎变成了干巴巴的东西，刚好集中在小便时手的位置一带。“犯人”应该是每天都固定使用这个小便池，然后小便时抠完鼻屎后无意识地抹在墙壁上的吧。

我感觉这比不冲大便的人还要不正常。不单单是我，我们这里的所有员工一定都“病”了。

某月某日

恶臭：

销售员因为味道被嫌弃

人的第一印象非常重要，初印象会影响之后的交往。

如果给顾客留下的第一印象很差，下一次就见不到面了。所以不仅仅是房产销售员，所有销售员都很注意自己的仪表。公司也对销售员的仪表有严格要求。

我们公司有名为“仪表检查表”的表格，上面有发型、白衬衫、裤缝、胡须、头皮屑、口臭、体臭、口袋*、领口和袖口的污渍等必须彻底检查的条目。

其中口臭是最麻烦的**，不管外表收拾得多好，“嘴巴臭”的破坏力都能导致商议崩坏。但是，人很难意识到自己的味道，

---

* **口袋**：因为放入太多物品而导致口袋鼓鼓囊囊的话就不行。

** **口臭是最麻烦的**：三十岁时，我去手机店更换手机，挑选新款手机时，像模特一样漂亮的女店员来为我讲解。我情不自禁地高兴又紧张地听她讲解，但是，当这位店员一开口，我就闻到了一股阴沟的味道。我当即连一分钟都听不下去，只希望赶紧早点结束。因为再继续下去就忍不住了，我立即离开了店铺。臭味就是如此影响人的情绪。

别人也很难说出口，很容易陷入“只有本人没有意识到”的状况中。

我曾在一次商议中，突然被顾客的妻子问道：

“屋敷先生，你的烟瘾很大吗？”

被这么说的那一刻，我直觉到这次商议“完蛋了”。如我所料，过了几天我就收到了这样的电话：“很抱歉让您为我们提出了这么多方案，因为某些缘故，我们决定选择其他公司。”

我没有问出“为什么”这样愚蠢的问题，但是我知道顾客所说的“缘故”肯定就是我的口臭。

自那以后，我尽量在进行商议前的几个小时内不抽香烟*，此外商议之前刷牙和使用漱口水也都一个不落。

今天，在我隔壁桌正和顾客商议的前辈销售员野渕先生还没有意识到自己的味道。

野渕先生是五十五岁的资深销售员，原本曾是工地主管，建筑知识也非常丰富。作为销售员，他的风度和接待顾客的能力都很优秀，外表也很时尚，气质看上去比实际年龄要年轻五岁。他的能力在我们营业所是顶级的。

但是，他却拿不下合同。我认为原因就是他的口臭。

虽然从早上开始嘴巴就很臭的人应该不太多，但野渕先生

---

* **香烟**：和电子烟不一样，卷烟的味道会沾到衣服上。我们吸烟的人可能会变得比较迟钝，但恐怕不抽烟的人仅仅是从抽烟的人身边走过，也能闻得到味道。

从早晨的第一声“你好”开始就很臭。应该是从内脏发出来的味道吧，如果做个比喻，那就是“牛棚”一样的味道。

野渕先生的工作资历久，年龄也很高，所以没有人敢提醒他。这是他的不幸*。

哪怕是和他相隔一定距离的我们都能闻得到，商议时和他面对面的顾客就更是如此了吧。

我今天的会议桌偶然和野渕先生相邻。当我正在接待客人时，从隔壁桌飘来了野渕先生的口臭。虽然大约相隔了三米，但每当邻桌的野渕先生“哈哈哈”地大笑时，一股牛棚的味道就不知不觉地向我们这桌侵袭而来。

这种情况下，我很害怕我眼前的顾客误会成这是我的味道。如果让顾客误会味道来源于我，还需进行商议的话，签约就没希望了。不知道是不是我的错觉，我正在说话的兴头上时，顾客做出了皱鼻子的举动。

为了洗清我背负的冤屈，我说道：“顾客，我去修改一下图纸，请稍稍等我一下。”然后就离开了席位。如果我不在时仍然有那股恶臭，顾客就能意识到味道的来源是隔壁桌了吧。

我在自己的座位上边修改图纸，边关注着会议桌那边的情形。

---

* **他的不幸**：对于闻到味道的人而言，相较于看起来就很臭的人，看起来不臭但实际很臭的人更令人震惊。看起来时髦却很臭，这也是他的不幸之一。

我看向野渕先生的会议桌时，发现他的顾客夫妇都低着头，一边用握紧的手堵住鼻孔，一边听野渕先生讲话。

然后，野渕先生一边手绘着图纸，一边讲解着什么。他根据顾客的需求，用橡皮将之前用铅笔绘制好的图纸擦掉，再绘制出新的图纸给顾客看。实际上，即兴当场绘制图纸是资深营业员才拥有的技能。

绘制好图纸的野渕先生“呼——”地猛吹图纸上的橡皮屑。

（出现了，要人命的牛棚味道光速扩散炮！）

我在心里嘀咕。这下毫无疑问，我的顾客也知道味道来源于野渕先生了吧。我总算安心地回到座位上，再次开始商议。

如果我是真的好人，也许应该将味道的事情告诉野渕先生。但如果因为告诉他而遭到怨恨，反而麻烦。还有，不可否认的是，我也有这种“希望他继续意识不到自己的口臭，销售业绩继续无法提升”的卑鄙想法。

某月某日

银行转账诈骗：

银行陪同的业务

购买住房是一种很大型的购物行为，所以顾客经常会犹豫。即使口头约定了“签约”，但过了一夜就变卦也是常有的事。所以，开发商非常重视合同定金的支付。

在开发商看来，这是为了让顾客做好购买的准备；在顾客看来，将谈妥的金额转账之后，自然而然地就做好了思想准备。

反过来说，如果合同定金没有到账，就不能放下心来。

今天，我们福岛营业所预计有三位顾客的合同定金到账。总公司也密切关注着今天预计到账的合同定金。营业所将转账的顾客名单用邮件发送给总公司，然后，每一笔合同定金到账，总公司都会告知营业所已经入账成功的顾客信息。

实际上，预计转账的三笔中有一位情况稍微麻烦的顾客。

签订合同的是七十五岁的羽田先生，他的房屋在“3 · 11大地震”中毁坏了一半，所以他才在这个岁数决定重建。这位顾客不申请贷款，全部使用自己的资金，这一点让我们很喜欢，但由于他年事已高，听力很差，商议的时候非常辛苦。

他准备在银行窗口转账一百万日元的合同定金，但因为听力不好，再加上担心银行窗口的手续复杂，所以他拜托我陪同他本人一起前往银行。情况如此，想要完成签约的我也就轻易答应了。

早上9点，我开车去羽田先生的家中接他，让他坐在副驾驶座上，然后前往银行。

"今天银行的窗口要是不拥挤就好了。"

"……"

羽田先生似乎完全没听到的样子。用普通音量讲话他完全听不到，这也不是今天才有的新鲜事了。从最初商议的时候起，就一直是这样。因为他的听力真的很差*，所以在车里闲聊也必须声嘶力竭地大声说话。

到了银行，虽然面对着窗口，但羽田先生完全听不到女柜员的声音。这时的我就像翻译一样，轮番在羽田先生和窗口负责人之间解释说明。

"他想办理从这个账户转账到那个账户的手续。"

窗口的女柜员拿出转账手续的单子，因为必须由本人填写，

---

* **听力真的很差**：在车里，因为前面的车子缓慢前行，所以当我正要穿过十字路口时，绿灯变红灯了。我小声地用嘴"啧"了一声，结果羽田先生问道："什么？你说什么？"我震惊于他竟然有能够听得到的声波频率。

所以我大声地为羽田先生讲解需要填写的地方。

“这里是名字！然后金额这里填写一百万日元！然后，这里盖印章！”

羽田先生的手也颤颤巍巍的*。

“不是那里，是这里！这里！在这里盖章！”

当我一直用这种近乎吼叫的超大音量和他交流时，银行里的气氛开始变得有些诡异。窗口负责人知道我的身份，不会乱想什么，但是银行的顾客们似乎感觉我正在进行转账诈骗。

感到尴尬的我为了消除这种误会，提高嗓门朝他喊道：

“顾客！对！将这个递交到窗口，就转账给TAMAGO HOME了，房屋合同真是麻烦啊！”

就这样，羽田先生的合同定金总算顺利转账结束了。

我开车将羽田先生送回家，一回到办公室，猫泽店长脸色大变地飞奔过来。

“屋敷！羽田先生的定金已经确认到账了，但村山先生的似乎还没有到账！赶紧打电话确认！”

一波刚平一波又起。我拨打了预计今天转账的村山先生的手机，但电话一直是呼叫中，没有人接电话。

猫泽店长非常焦急。

---

* **手也颤颤巍巍的：**这时我切身感受到对于高龄者而言，在转账申请书的小空栏里填写名字和金额都是相当困难的事情。

“总公司也打来好几通电话询问怎么回事，不会是临阵害怕反悔*了吧？”

因为这笔钱已经作为营业所的确定销售额上报给总公司了，所以猫泽店长近乎发狂。

隔了一会儿，又打了几次电话，还是没人接听。之后每隔十五分钟，猫泽店长就让我“再打一次电话”。总公司也一次又一次地催促店长。

“店长，再继续打下去就过分纠缠了。或许发生了什么事情。给他留个录音消息，再稍微等会儿吧。”

在我留下堪比跟踪狂的通话记录后，傍晚6点多，村山先生终于联系我了。

“因为我在工厂里工作，所以没带手机。哦！合同定金啊，我刚刚已经转账了。但因为太忙了，所以是营业时间以外转的账，所以得明天才能受理。”

我松了一口气。

“话说回来，你们打了很多通电话给我呀。我一看未接来电，真是吓到了，以为被催债了。”

虽然是玩笑的语气，但其实那就是村山先生的真实感受吧。

---

* **临阵害怕反悔**：实际上确实有顾客事先确定好合同定金的转账日期，当天却没有转账，而且怎么也联系不上。等数日之后联系上了询问时，对方便声称因为没准备好定金，太过害怕而关掉了手机。总之，涉及房屋的合同，不到最后不知道会发生什么。

不，即使是讨债，如今的法律也不允许这样电话催讨，这比面向上班族的消费金融和黑市金融的催债还厉害。也就是说，我们根本就不信任顾客。

某月某日

银行审查：

住房贷款审查通过之前

房产销售员的工作并不是签订完合同就结束了。或者说，签约之后还有很多必须做的事。

例如，办理申请贷款的手续就是其中之一。因为大多数顾客都要申请住房贷款，所以申请贷款的手续也必须在销售员的主导下进行。

申请住房贷款的前提是，顾客必须在和开发商签约之前通过银行的事前审查。反过来说，与顾客签订合同的前提条件是通过银行的事前审查*，所以销售员也要主动完成这个手续。签约后，确定好了贷款的总金额，就进入银行的正式审查流程。

---

* **条件是通过银行的事前审查**：有一位销售员陷入连续三个月都没签约的僵局。到了第四个月，终于逮到一位看起来有望签约的顾客，但是到了银行的事前审查这一步，竟然是“贷款未获批准”。他认为不管向哪家金融机关申请，都不会被批准，所以伪造了“贷款批准文件”。银行在事前审查时的批准文件是以传真的形式发送给开发商的，所以可以通过剪切、粘贴进行伪造。但是，他的伪造行为后来被发现，他也得到了解雇的惩罚。这是我进公司以前发生的事，是从猫泽店长那里听来的。走投无路的人，不知道会做出什么行为。

这里必须注意的是，有顾客误以为只要和开发商签约就可以将房子盖好。

宫泽先生是一家保险代理店的经营者，五十五岁了。他的妻子和二十岁的大儿子在公司担任董事，他们是家族企业。

我们一直在讨论现有住房的重建计划，3月的时候通过了银行的事前审查，并签署了房屋合同。不过，在计划具体化之后，他们家便“想要这个”“想要那个”，对房屋的要求越来越多，计划贷款的金额也一直在增加。

有一件让我很担心的事：宫泽先生是个体经营者。虽然基于其本人的收入申报，在事前审查阶段获得了银行的预批准，但在正式审查阶段，个体经营者需要提交比上班族更多的资料，审查的时间也往往更长。

另一边，宫泽先生兴奋地沉醉于房屋的新建计划中，脑海里压根儿没有“借不到住房贷款”的选项。

这位宫泽先生非常有行动力，做任何事情都很迅速，是位很有经营者气质的人。因为是家族企业，这一家的妻子和大儿子也是一副“听父亲的话就不会错”的态度。

结果，在5月计算最终资金时，我发现宫泽先生的收入不够，于是将他妻子设定为连带债务人，进入了正式审查。预计出结果需要一个月左右。

这期间我们继续进行着房屋的商议。5月中旬，正在商议时，宫泽先生说：

“屋敷先生，我在考虑一件事情：在别处有一块很吸引我的土地。”

我内心有一种不好的预感：他要说一些带来麻烦的事情了。

“我有一个愿景：趁这个机会，将现在的房子和土地卖了，用这笔钱在别处买一块地。我想直接使用现在正在申请的这笔贷款，在那块土地上建造我们一直在商议的房子。”

真是麻烦的“愿景”。如果建筑地改变，贷款的申请也得重新开始。这对于我而言也是很麻烦的事。我以为这只是他一时的念头，之后便会忘掉，于是就一听了之。

6月15日，银行联系了我。宫泽先生的连带债务人——他妻子的信用记录是“黑的”*。

我非常焦急，立即安排了和宫泽一家的商议。

似乎妻子是“黑的”这一点在宫泽先生的意料之中**，他立即应对道：“那就让大儿子作为连带债务人吧。”

这样一来就得重新进行银行的正式审查，又要再经过几个

* **“黑的”**：审查中检查信用信息时，当发现过去存在滞纳和未付款之类的记录时，贷款申请就不会被批准。如果询问负责业务的银行职员，对方则会因涉及个人情报，而不告知具体细节。百般追问之下，对方才用“实际上，他的妻子是那个……”的回复暗示其信用是“黑的”。

** **意料之中**：从事这份工作后，有时候会看到眼前的夫妇一开始讨论银行审查，丈夫或者妻子就表现得举止可疑。也就说明，一方存在配偶不知情的欠款。

星期。

7月10日，银行来了消息，要求追加必要资料。普通的上班族是不会遇到这种情况的。但宫泽先生是个体经营者，所以银行会非常谨慎。

此后，银行便突然失去了音信。

一个多月后的8月中旬，我每天都在担心审查是否可以通过。这时，宫泽先生独自前来了。

“屋敷先生，实际上我们已经确定了出售现在的土地和房子，卖了一千五百万日元。刚巧看中的那块土地也签了合同。因为房屋的出售条件是将现有房屋拆除之后空地交付，所以下周就会拆除。”

明明贷款还没批下来，竟然就决定拆除现有房屋……如果贷款没被批准，他们打算怎么办？

“房屋拆除后，你们打算住在哪里呢？！”

深感震惊的我这样问道。

“新家建好之前，暂且先租房子住。说起来，银行的审查有进展吗？”

我的确事先从宫泽先生那里听到过这个想法。但不过是作为闲聊时的话题。无论是卖房子还是购买新土地，全都是宫泽先生擅自与不动产商交涉后完成的。他的行动力虽然很强，但实在是太鲁莽了。是不是因为没人可以阻止他的缘故呢？对于这种无法挽回的事情，我也实在不敢问出“如果贷款没有被批准，你们怎么办？”这样的问题。

趁着将连带债务人变更为大儿子后的申请还没回复，我去银行重新申请了正式审查。因为住房贷款的申请非常细致，如果申请人有变更或者是建筑地有变更，都要全部重新另做*。

8月末，我重新向银行提交了整套资料，再次请他们审核。

从那之后又经过了一个多月。夏天结束了，季节已变换为秋天。始于春天之前的这笔订单已经过了半年多了。

到了10月，宫泽先生也开始显得焦急了，每隔一天就联络我问：“贷款没问题吧？银行有消息了吗？”我同样也很焦急。但是，眼下能做的只有等待银行的回复。

深秋的10月下旬，宫泽先生一家来访，宫泽先生已经没有了成功经营者的神态，他的妻子和大儿子也是一副无法捉摸的表情，有些疲惫。

“贷款还没有消息吗？屋敷先生和银行联系过吗？”

“我想差不多快了，总之先等银行的回复吧。”

---

* **全部重新另做**：宫泽先生申请的是房屋金融支援机构的“房屋35”贷款。一般贷款，只要带顾客去银行，让银行职员办理手续就可以。但如果是“房屋35”贷款，则需要和支援机构进行邮寄往来，从申请到签约为止的一切手续流程都得销售员拿到必要资料后推进。基本上，资料的填写和盖章是由顾客本人操作，而资料的准备和必要资料的集中邮递都是销售员的工作。每一次变更，所有的资料都得重新领取，从头开始做，是半天的工作量。这一切并不像顾客想象的那么简单。

我只能说些无济于事的话。

“屋敷先生，你是不太擅长和银行打交道吗？事情进展得太不顺利了。”

他瞪着我，就像在责怪说眼下的状况是我的错一样。

总之，我想早点结束这个局面，所以说道：“我也会和银行再次确认，看审查结果什么时候出来。”并以此结束了谈话。

此后又经过数周，到了11月下旬，宫泽先生的贷款终于顺利地被批准了。3月的事前审查通过之后，到现在已经过去了九个月的时间。

但是，贷款获得批准是最好的结果。如果贷款被拒绝，光是想想，我的身体就一阵瑟缩。

某月某日

工作干扰：

每天都来视察的“工地监工”

新家一旦开始建造，期待完工的顾客就会在休息日的时候前来确认工地的状况。挖好地基，立柱子……看自己的新家逐渐成形，是顾客的乐趣之一。

看到频繁前来察看的顾客，工地的匠人们也会有干劲。而作为销售负责人，我虽然比不上工地主管，但也会在每个重要节点进行工地确认*，对我而言，这也是非常有趣的场景。

但是，这个工地的房主安倍先生有些不一样。因为他年事已高且没有工作，所以每一天都会来察看工地。而且他有时候在早晨比工匠们到得都早，就在工地等着工匠们到来，然后一直待到傍晚，实在令人震惊。

---

* **在每个重要节点进行工地确认**：销售员会在奠基仪式和开工、上梁、竣工验收、竣工交接这几个重要节点去工地现场。其他时间则是偶尔去工地。对顾客而言，负责的销售员偶尔来察看工地，会令他们感到开心。我的师傅菊池先生曾教我：“去工地的时候，最好瞄准委托人会来的那一天去。”即使平时不去工地，但是如果瞄准时机，和委托人意外碰上的话，就会给对方留下销售负责人经常来查看工地情况的印象。

工匠们也不能说视察工地这件事不好。但麻烦的是，据说这位安倍先生以前在职时从事的工作与建筑业相关。

“我以前从事建筑方面的工作，所以只要看一眼工地，就能明白很多事情。”

他一边这样信口开河地说着，一边像工地主管一样从早到晚地在工地来回走动，偶尔还会对工地的工作指手画脚。

他本人虽然没有恶意，但是做到这般地步，对于工匠们而言，就完全是工作干扰。如今，开发商会将具体的施工指南交给分包商。过去，工地主管都是常驻现场，口头指示。如今，因为施行彻底的指南管理，所以他们没有必要每天来。如今的工地主管都是高效率地同时管理几片工地。

起初，因为面对顾客不能表现得太过冷漠，工匠们也会恭维他，说些“原来如此”“您很懂行呀”之类的话，但后来实在到了忍耐的极限，工匠们不得不通过工地主管明确地提醒他。

工地主管劝告安倍先生，希望他不要干涉工地现场的工作，全权交给工匠们。

果然，安倍先生退去了兴致，不再每天都来工地了。听到这个消息，我也安下心来。

今天，我时隔一个月去了工地。

正午刚过，我拿着慰问工匠们的饮料到了工地*。刚好是休息时间。我也坐下来，边询问施工的进度情况，边和大家饶有兴致地闲聊。

“我听说了，这位委托人，每天来工地到处插手指挥，大家很不容易啊。”

我说完就笑了，工匠说：

“这可不是玩笑话，因为对方是顾客，我们不能说难听的话。但是，施工进度迟了，我们很困扰。”

“不过，事情解决了就好啊。每天被‘监视’非常难以忍受吧。”

“……现在还在被监视着哦。”

“啊？”我震惊道。工匠用手指着隔着一条道路的马路对面说：“看，那边。”

那里，一位花白头发的老人正拿着双筒望远镜看向这边。

“那天以后，他每天都像这样看着工地，的确是不插手工地现场的事了，但一直都在‘监视’着这边。”

对于时间很充裕而且非常在意工地状况的安倍先生而言，这已经是最大的让步了吧。

这种远程眺望最终一直持续到新房竣工为止。

---

* **到了工地**：销售负责人到工地也没有什么特别需要做的，能做的就是和工匠们交流交流而已。

某月某日

再见，指标任务：

关掉手机的那天

早上，我在开始工作之前确认日程表。上午有一个收尾工作（确认顾客的签约意向），下午和签约顾客约定了图纸商议，傍晚时分还有一个合同收尾和投诉处理。其中的两个收尾工作绝不能错过，因为关乎本月整个营业所的指标任务。

在上午的顾客到达三十分钟之前，牛田总经理打来了直通电话*：“今天有两件收尾工作吧？这两个绝对不能错失！一定要拿下！知道吧！”

没有关于拿下的方法的具体指示，只强调一点：“拿下，拿下！”

顾客来公司后，我完成了一系列说明之后，终于开始谈论合同的话题了。“嗯，能不能再稍微给一些打折优惠或者赠品

---

* **直通电话**：重要的项目开始之前，总经理经常会打来直通电话。虽然只是“加油鼓劲”的沟通，但是这份工作并不容易，不是单靠鼓劲就可以拿下合同。不如说，最后时刻打来这样的电话，销售员的劲头会被削弱，真希望总经理意识到这一点。

呢？其他公司说他们可以配餐柜*，你们也赠送餐柜吧。”

餐柜说起来容易，但顾客指定的厨房配套餐柜价值二十万日元。我离开座位，去找猫泽店长商量。

“顾客说如果赠送餐柜的话就签约……”

“竟然提这种要求。但是，总公司也盼着这位顾客今天签约，绝不能错失。总之只能先答应了吧，后面的事等签约之后再考虑吧。”

这个“等签约之后再考虑”是一种怪癖，至今为止，我从未真正尝试过签约之后再考虑什么。

但是，不拿下这个合同的话，我就要被公司围攻指责了。我只有“拿下”这个选项。回到会议桌上，我按照顾客的需求，在合同里加入了附赠餐柜的内容。

中午刚过，我刚准备吃午饭，顾客大平先生没有事先预约，就突然来了公司。

糟糕！我将大平先生领到单间，关上了门。

焦躁不安的大平先生一张口就问道：“所以说，怎么样了？”

原本大平先生计划将现住的房子拆除后，在同样的地方建造新房子。签订合同时，我们说的是“半年以内完工交房”，但

---

* **餐柜**：样板房里一定会摆放着与厨房材质颜色统一的餐柜，颜色也和整体搭配，所以看上去非常漂亮。但是，这些几乎大多数都是附加选项，需要额外付费。

地震后的建筑热潮导致全线工期延迟*，大平先生的房子也连锁反应地延迟开工了。现在，已经超过“半年以内”的约定三个月了。

这期间，大平先生一直生活在临时住所的公寓里，超过当初预定的时间，也就产生了额外的租金。他一直在要求TAMAGO HOME承担他延迟期间的租金。

“你们公司承担租金的事情，决定好了吗？”

我没有办法回答。公司不可能理会这样的请求，我甚至一直都没找公司商量这件事。

“我现在正在向总公司申请禀议中，请再稍稍等待一段时间，我会尽力协商。”

先以权宜之计**逃过一劫。不过这样，就又说了让顾客有所期待的话，我越来越感到后悔和内疚。

之后，我直接开始原计划的图纸商议，结束时已经临近傍晚。在这一天的最后一个合同收尾工作的商议中，顾客给出了“我想和别的公司再商议一次”的回复，没有决定签约。

---

* **工期延迟：** 工期延迟的根本原因是承包商不足。开工的工地增加，如果相关从业者没有增加，就无法赶上进度。就像销售员的工作是拿下合同一样，总公司工务处的工作就是开拓承包商。不过，他们缺乏拓展承包商的能力和知识。

** **权宜之计：** 因为我后面安排了别的商议，所以如果一直无法让他满意的话，后面的安排就会像多米诺骨牌一样倒塌，变得乱七八糟。总之，首要的事情是必须得让他在预想时间内回家，所以不得不用权宜之计来轻易允诺。

我一送走顾客，就立即向牛田总经理汇报。果然，总经理发出了愤怒的声音。

“欸？！你在干什么！这位顾客已经作为本月的业绩上报给总公司了。事到如今说再考虑什么的，这样是无法上报的！你去顾客的家里，再一次恳求他！*”

如果那样做，可能下个月能签成的合同都要作废了，不过，作为公司一方，眼前的目标是最重要的。

我等了两个小时左右，向牛田总经理做了虚假汇报：“虽然我去了顾客的家里，但他没有改变决定。”

夜晚9点，我在回家的途中，一边开着车，一边考虑明天的事情。有三件商议和两件投诉处理：

商议是关于图纸的重新修改，这已经是第八次更改了。投诉是关于工期的延迟。明天的顾客用一般手段行不通，应该会要求赠品之类作为工期延迟的赔偿。如果拒绝赠品服务，恐怕顾客会大声嚷嚷。就算这样，轻易允诺的话只会让我陷入困境……拒绝是地狱，接受也是地狱。

即使我回家后，电话也响个不停。

“我今天一直在等你的消息。我们家房子什么时候开工？你

---

* **再一次恳求他！**：我曾被要求“哪怕下跪也要拿下订单”。不过，数千万日元的商品，不会有人因为销售员下跪恳求就选择购买。反而，步步紧逼的销售员，更容易被人敬而远之吧。

一直说再等等，再等等，赶紧给我个明确的答案！”

在家里接完第二通投诉电话后，我将手机关掉了。够了！就这样吧。大家，再见！

迎来第二天早晨的我已经没有上班的精力了。总之，我只想赶紧扔掉这个手机。我将公司配发的手机、员工证、名片和辞职信全部打包，用快递邮寄到了公司。

但是，这不是一切的结束。

第二天，猫泽店长联系了我的个人手机。

“快递到了哦。已经不行了吗？要不要再稍稍休息一段时间，等情绪冷静下来后再回来正常上班？”

他和我这样说着，没有责备。即使如此，我心意已决。

“给您添麻烦了，我深表歉意。但我辞职的心意已经不会改变了。”

“这样啊……但是，总不能就直接这样结束吧。如果不想来公司的话，要不要去家庭餐厅或者哪里聊一聊？”

我答应了和店长择日见一面。

“我没有想到你会那么想不开。明明找我提前商量一下就好了。不过，这也是你决定好的事情。你还有家人，赶紧找下一份工作吧。”

没有一句指责我放弃工作的话。虽然立场不同，但是和我共同经历很多事情的猫泽店长好像有一种“你的今天就是我的明天”的感觉。我从店长看我的眼神中看到了怜悯。我一边将自己剩下的顾客情况写在交接书*中，一边一一向店长说明。

“谢谢。剩下的事情由我来做。”

猫泽店长一反常态地温柔低声道。

就算我不在了，我之前负责的顾客的施工也会稳步进行。就算我不在了，所有的工作依然会照常运行。

---

* **交接书**：告知接任者关于业务进度的文件。后来，交接顾客的赠品服务成了问题。据说有顾客趁我离职说“他之前说也附赠那个哦”，以此向公司索要承诺之外的东西。猫泽店长虽然没有责怪我，但是在领导层引发了不满。想得到安宁的我为了这个毫无印象的赠品，最终自掏腰包一百二十万日元才得以解决问题。

后记

“痛苦和艰辛”与“喜悦和成就感”

自我离开房产行业，已经过去好几年了。正如我在本书中写的，我是逃离房产行业的人。

这之后，等待我的是“地狱”。

从TAMAGO HOME辞职后，我过着靠兼职*维持生计的日子。过着短工劳动者的辛苦生活，每天只能挣七八千日元，收入骤减，我们家的生活也陷入贫困。

偿还三十五年住房贷款，让微不足道的存款也消耗殆尽。虽然会偶尔迟一个月或者两个月还贷，但我还是想方设法地维持生计**。对于我们家人而言，房子是最后的堡垒。

这样的生计勉强维持了两年之后，便已经到了极限。第十三年，因为彻底无力偿还贷款，我们不得不放弃了房子。

---

* **兼职**：我在认识的外部建筑承包商那里工作，主要是给房屋砌砖墙和栅栏。从早上8点到下午5点，我涂抹砂浆然后堆砌砖墙。

** **想方设法地维持生计**：实在没有办法的时候，就去找妻子的母亲借钱，偶尔还得低头赔罪。

作为曾经在房产开发商工作，给很多顾客提供住房贷款建议的人，如今我自己却无力偿还贷款，实在是失败。

我的妻子因为压力变得抑郁，后来她决定去投靠在东京的儿子。与此同时，高中毕业的女儿在祖母的资助下，升学去了埼玉的专门学校，离开了家。

独自一人的我，将要变卖这栋我们一家人居住生活了十三年的房子*。

终于到了交房前的最后一天晚上，我在垃圾处理完毕的漆黑房间里，打开灯，屋里什么都没有剩下。

客厅的地板上放着五本相册，是我们的家庭相册。虽然我之前委托清扫公司“统统都扔掉”，但估计对方也犹豫是否该处理掉这些吧。

空无一物的房间里，我独自一人翻看着相册。事情告一段落之后的安心和虚无感向我袭来。我的内心感到苦闷。我们经常会听到“内心感到苦闷”这一句话，那真的是胸口堵塞、呼吸困难的感觉，欲哭无泪。就在一瞬间，我失去了拼命守护的家和家人。

---

* **变卖房子**：变卖房子之前，我们家里的状况非常糟糕，就是所谓的“垃圾房”。变卖之前的垃圾处理和房屋清扫共计花费八十万日元，花了一周时间才清扫完毕。

我搬到附近的一间六帖[1]公寓里，开始了新的生活。刚刚搬家后的一段日子，我每天早上醒来，都有种不知自己身在何处的错乱感。

“这是哪里？家人在哪里？家呢？大家究竟去了哪里？”

我陷入了“迄今为止的生活都像是一场梦”的错觉。

两个月后，我决定离开福岛县——这个和家人们充满回忆的地方，从头开始。停留在这里对我而言是难以忍受的苦痛。我移居到茨城县，开始找工作，并得以在一家小型翻修公司工作。

在那里，有像我一样的中老年漂泊者以及各有隐情的年轻人，大家都在为了生存而努力工作着，都背负着各种各样的状况生活。在那里，无论年龄性别，大家只是一个劲地为了活着而拼命工作。加入他们，在流汗工作的过程中，我逐渐找到了“工作”的意义。

然后现在，我和在这里认识的伙伴们一起开了公司，进行房屋检验和翻修业务*。虽然是个小公司，但足以确保我这些年可以自食其力。

我的生活根基总算安定了下来，妻子也回到我的公寓，两

---

* **进行房屋检验和翻修业务**：我们作为一般社团法人，成立了协会，邀请多家建筑公司成为会员，然后委托他们处理翻修工程。我进行销售活动的同时，作为个人经营者还承包翻修的工作，现在也亲自爬上屋顶进行修缮。

个人开始过上朴素的生活。两个孩子会在盂兰盆节和正月时相聚在这套房租五万五千日元的公寓里，享受阖家团圆的时光。

不可思议的是，相较于此前一直支付无力承担的住房贷款的生活，如今的生活无与伦比地幸福。

女儿今年也从专门学校毕业了，我要再加把劲。

以前曾经那么讨厌房产销售的我，选择再一次从事销售工作。

最初，我是觉得我只能做销售。

但是，在从事如今的工作的过程中，我改变了这一想法，我喜欢销售这份工作。

通过尽心尽力地完成一件工作，收获“谢谢”。顾客的感谢令我得到成就感。有时这胜过金钱上的回报，这正是销售这份和顾客直接沟通的工作的妙趣所在。

不管是什么形式，“工作”与“生活”是一体的。本书中，虽然特别关注了劳动的“痛苦”和“艰辛”，但是劳动中也有“喜悦”和“成就感”的回报。

现在，我终于享受“工作”地活着。

2022年5月

屋敷康藏

译者注

1 日本计算房屋大小的传统单位，1 帖约为1.62平方米。

图书在版编目（CIP）数据

房产销售员日记 / (日) 屋敷康藏著 ; 杨柳岸译.
天津 : 天津人民出版社, 2025. 8. -- (50岁打工人).
ISBN 978-7-201-21298-2

Ⅰ. I313.55

中国国家版本馆CIP数据核字第20252DH539号

著作权合同登记号 图字：02-2025-103号

房产销售员日记

FANGCHAN XIAOSHOUYUAN RIJI

出　　版　天津人民出版社
出 版 人　刘锦泉
地　　址　天津市和平区西康路 35 号康岳大厦
邮政编码　300051
邮购电话　022-23332469
电子信箱　reader@tjrmcbs.com

选题策划　联合天际 · 文艺生活工作室
责任编辑　李佳骐
特约编辑　马　博
美术编辑　程　阁
封面设计　喂！vee

制版印刷　河北鹏润印刷有限公司
经　　销　新华书店
发　　行　未读（天津）文化传媒有限公司
开　　本　787 毫米 × 1092 毫米　1/32
印　　张　6.75
字　　数　122 千字
版次印次　2025 年 8 月第 1 版　2025 年 8 月第 1 次印刷
定　　价　45.00 元

未读 DR | 纪实

关注未读好书

客服咨询

本书若有质量问题，请与本公司图书销售中心联系调换
电话：(010) 52435752